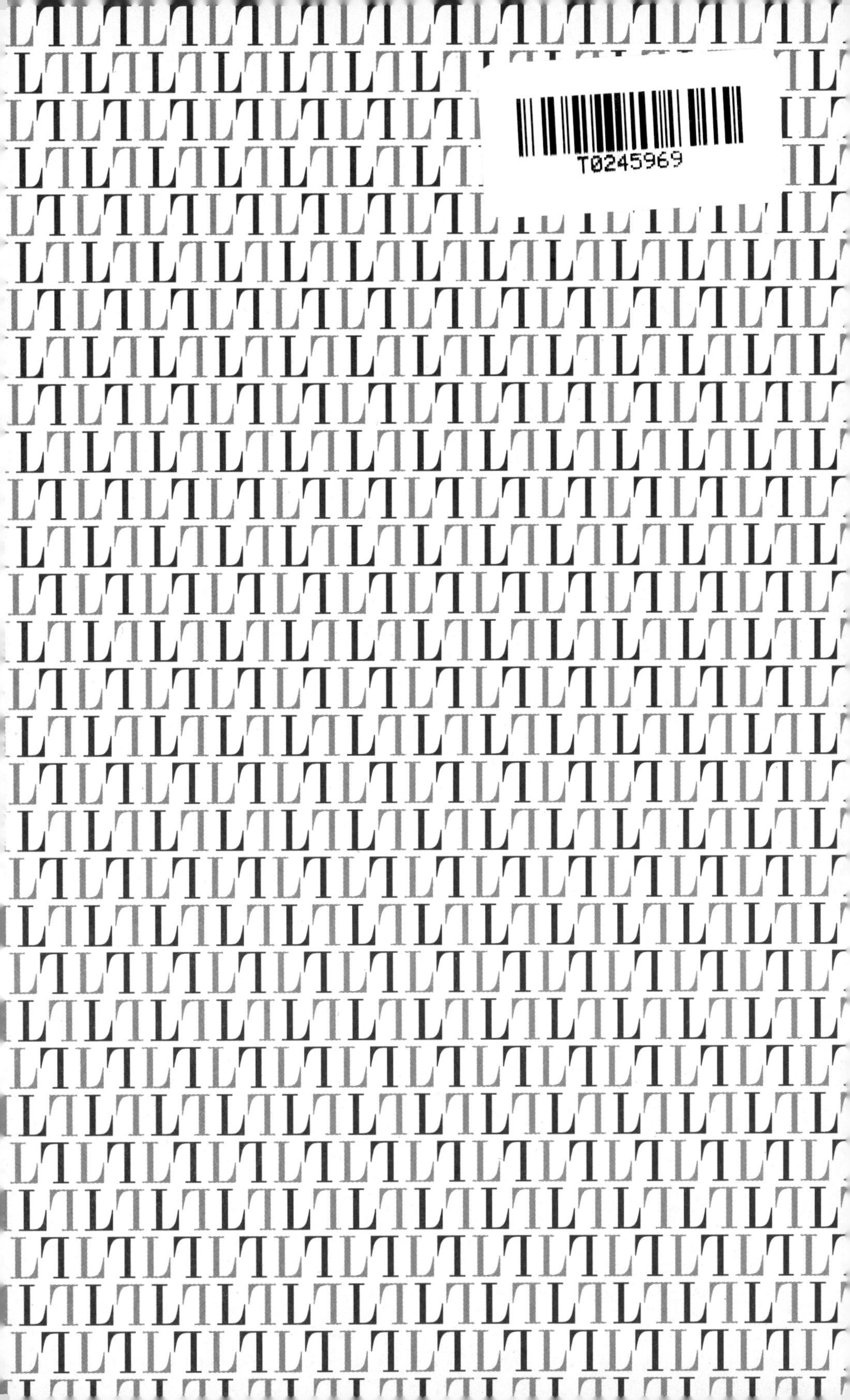
T0245969

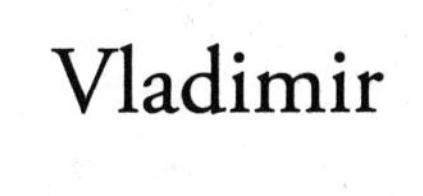

Vladimir

Vladimir

Leticia Martin

Primera edición: septiembre de 2023

Travessera de Gràcia, 47-49. 08021 Barcelona

Impreso en Colombia - *Printed in Colombia*

ISBN: 978-84-264-2457-0
Depósito legal: B-12.023-2023

El sexo está en todos lados, salvo en la sexualidad.

Jean Baudrillard,
De la seducción

Primera parte

1

Mi vuelo está cerca de aterrizar justo antes del desastre. El piloto decide esperar en el aire. Inicia una nueva vuelta sobre el aeropuerto. Me asomo por la ventanilla. Se ven la terminal aérea y algunas casitas amontonadas en los barrios cercanos a Ezeiza. Casi todo está oscuro. Si bien lo intento, no reconozco ningún monumento o edificio en particular. Todo me parece nuevo, un lugar en el que nunca estuve. O mejor dicho: una postal borrosa del pasado, la mezcla del vacío de aquel día que nos fuimos del país con los recuerdos construidos a fuerza de la insistencia de mis padres en relatar mi infancia. Al pasar por encima de la pista de aterrizaje observo que algunas luces todavía van y vienen, parpadean. Pienso que se trata de un desperfecto pasajero.

Viajo en clase turista, como siempre que me subo a un avión. Voy sentada junto a la ventanilla. Las azafatas piden que no entremos en pánico y que permanezcamos en nuestras butacas hasta que el piloto finalice las maniobras. Podremos quitarnos los cinturones de seguridad cuando estemos en tierra. Aún no lo sospecho, pero nos quedan como dos horas girando en círculos sobre el aeropuerto. Se percibe ansiedad en la tripulación.

Apenas den la orden de desocupar el Boeing 777 que me tocó en suerte voy a salir corriendo. Me siento asfixiada por primera vez en mi vida. Algo en mí quiere huir. Repaso mentalmente la sucesión de movimientos que me conducirán a la salida cuando estemos en el aeropuerto.

Ahora el piloto nos acerca a una puerta de emergencia que acaban de habilitar. Sigue las señas del guía de aterrizaje que está en la pista. Todo parece saturado. Desde aquí ya pueden verse filas de personas aglutinadas detrás de las paredes de vidrio de la terminal.

Salgo por una manga de lona. El aire es denso y húmedo. No hace frío en Buenos Aires. Aunque son casi las ocho de la noche, el sol no termina de caer. Parte de mi equipaje está en la bodega del avión. No es poco lo que una mueve cuando se muda de ciudad por tiempo indefinido. Me da pena haber tenido que dejar Ramsdale de un modo tan absurdo, casi sin poder pensarlo, sin despedirme de mis alumnos y de mi familia. Pero acá estoy ahora, y es tarde para lamentarme. Será que así debieron ser las cosas.

Miro mi teléfono. Un mensaje de Nicholas me reclama. Quiere saber dónde estoy. Quiere verme. Todavía no lo sé, pero es el último mensaje que recibiré en mi celular. De haber imaginado que iba a terminar viviendo semejante desquicio, quizá hubiera podido responderle algo antes de salir de Ramsdale. Me habría disculpado. Pero no quise pasar por otra despedida. No ahora, a esta edad.

Pienso qué palabras podría escribirle después, cuando esté ubicada en algún lugar más tranquilo y decida por fin dar respuesta a este mensaje.

«Lo siento, Nicholas. Lamento todo lo que te hice y esta situación que ahora estás viviendo».

No me gusta. Demasiado melancólica y culposa. Tengo que decirle algo más certero, algo que le haga ver la realidad.

«Nicholas, las autoridades me exigieron abandonar la universidad a cambio de preservarnos del escándalo. Sobre todo a vos. Pero en verdad sólo quieren cuidar su imagen. No le importamos a nadie. Nunca creas en las instituciones».

Pasan los minutos. No me convencen las respuestas que voy improvisando. No las anoto. Ni siquiera abro la mensajería instantánea para evitar que la batería se gaste. Además, no quiero que mi exalumno sepa que leí su reclamo. Prefiero el territorio gris e inestable de la duda. Creo que así le dolerá menos. Al fin y al cabo, el chico se había encariñado más de la cuenta. Los sentimientos siempre vienen a enturbiar todo.

Un asistente de pista se dirige a nosotros para decirnos que podemos ir acercándonos hasta el tobogán por el que están cayendo nuestras maletas. Comprendo entonces que la cinta que acarrea el equipaje tampoco se mueve. Nada que requiera energía funciona.

Nada.

Diviso mi valija a lo lejos. Es de color rojo, enorme, y está cayendo por la propia inercia de su peso. Alguien hace palanca con una barreta de metal y destraba los bultos que se frenan contra los laterales del brazo de acero, impidiendo la salida de lo que viene detrás. Se arma un atolladero de bolsos y maletas. Me adelanto en la fila y me pongo primera para buscar lo mío. Una vez que me reúno con mis cosas, corro entre los conos anaranjados hacia la Terminal A. Lo hago a una buena velocidad. Para estas cosas es mejor estar sola. Las escaleras mecánicas también están detenidas. Es raro verlas así.

Todo está inmóvil y detenido menos yo.

Me apuro.

Una señora arrastra su valija sin cuidado mientras camina casi al trote. No se da cuenta de que las rueditas, lejos de ir girando contra el piso, apuntan hacia arriba. Su equipaje va dejando una línea amarilla sobre el asfalto gris. La tela resistente se deteriora en ese roce. La mujer mira su teléfono mientras le grita al marido que se apure, que no van a conseguir taxi.

—Uber también se cayó —agrega en tono desesperado, casi a los gritos. Pienso que esa mujer está siendo presa del pánico. Esto no puede estar pasando. No puede ser. ¡Qué estoy haciendo! Sorbo el último trago de agua que le queda a mi botellita y me deshago de ella sin mirar en qué tacho la estoy tirando.

Una vez que entro a Migraciones, las luces terminan de parpadear y el apagón es definitivo. La voz que daba instrucciones por el altoparlante se interrumpe en mitad de una frase y ya no vuelve a escucharse. El murmullo general aumenta. Por suerte ya tengo mi equipaje y pude pasar por los molinetes sin demasiados problemas. Miro mi teléfono, que ahora ya no aparece conectado a la red.

El alboroto es tal que los empleados apenas revisan los pasaportes mientras la gente avanza. Como las computadoras no están funcionando, estampan los sellos de forma manual en los casilleros vacíos. La policía de seguridad aeroportuaria camina de un lado a otro igual que hormigas a las que les acaban de patear el hormiguero. Hacen un *acting* de rostro severo y dedos índices erectos, pero no saben nada, repiten lo que le escuchan decir al de al lado. Se les nota en la actitud la total desorientación.

La gente se amontona en colas y más colas. Todo está demorado. Algunos corren. Otros gritan. Todos quieren irse en este mismo instante.

Un responsable de Migraciones pide al personal de mostradores que nadie se mueva de su puesto de trabajo. Segundos después, anuncia que no habrá cambio de turno porque el relevo no está pudiendo ingresar al aeropuerto. Pasa un gendarme haciendo sonar un silbato. Todos lo miran, nadie se inmuta. Una de las empleadas le pega un empujón a su superior y sale corriendo. Los demás agentes lo insultan, pero vuelven obedientes a sus puestos. Me pregunto cuánto tiempo más podrá durar semejante desajuste. ¿Alguien estará trabajando en el desperfecto? La luz no puede faltar demasiado tiempo. En el fondo, todos somos electrodependientes. Chequeo una vez más mi teléfono. Sigo sin señal, sin redes sociales, sin aplicaciones. Imagino que cuando termine de hacerse de noche lo que ahora es apenas un incidente se convertirá en un verdadero caos. Tengo que actuar con normalidad y rapidez. Necesito salir del aeropuerto lo antes posible. Mi presencia y mi apellido ya no significan nada en este país. Eso es algo bueno. El caos, como siempre, juega a mi favor.

En Ramsdale, pese a las falsas promesas de las autoridades de la universidad, mi caso terminó siendo más que un rumor de pasillos, y mi cara, el blanco de ataque de padres y madres indignados. Aquí he vuelto a ser una del montón. Soy nadie. Una mujer más. Otra vez una mujer más.

2

Por fin estoy fuera de las inmediaciones de la Terminal A. Si algo hubiera explotado en ese espacio cerrado y lleno de pasajeros, las consecuencias habrían sido gravísimas. Esos enormes ventanales y paredes de vidrio me hacían sentir ahogada. El cielo se ve espléndido desde la hermética caja de cristal, pero no puede respirarse. El aire se vicia enseguida. Otra mentira del capitalismo: interiores con apariencia de amplios lugares a cielo abierto. La naturaleza como efecto decorativo.

Me inquieta que el personal del aeropuerto no sepa decirnos qué está pasando ahora. Por suerte estoy afuera. Avanzo entre manchones de césped y cemento. Respirar me calma. Pienso que antes sólo estaba escapando de mi país. Ahora, además, escapo de las fuerzas del orden del país que me acaba de recibir. Nadie miró mi pasaporte ni mis papeles. Perdido por perdido: ganado, pienso, y recobro una cuota de esperanza.

Un agente me pregunta hacia dónde me dirijo. Señalo el celular y le digo que mi familia acaba de avisarme que están todos al otro lado de las barreras de salida.

—Me esperan allá —miento impostando un español mucho más rudimentario del que en verdad puedo hablar. Creo que exagerando el acento norteamericano puedo conseguir mejor ayuda en este contexto. Ésa será mi estrategia. Sobre todo ante funcionarios y autoridades. Parecer más *yankee* de lo que soy, siempre sin exagerar demasiado como para que entiendan lo que quiero decirles—. Fue imposible ingresar con el automóvil aquí.

El agente insiste en que regrese. Dice que no puedo salir.

—Debe volver a la terminal de la que proviene, señorita —repite como una máquina y sin escucharme.

—Le ruego, *please*, que me deje pasar. Iremos con cuidado por la autopista, oficial —digo, y le extiendo, por las dudas, unos dólares que tengo en el bolsillo para acelerar su decisión.

El agente baja la vista, toma los billetes y los guarda en su chaqueta. Luego me desea un buen regreso.

Camino por calles asfaltadas que rodean las grandes playas de estacionamiento del aeropuerto. Un cartel inmenso anuncia el nombre: MINISTRO PISTARINI. Me pregunto quién habrá sido ese hombre. Ministro de qué.

Más adelante, después de un largo rato intentando salir por alguna parte, observo que un grupo de personas golpea los techos de sus automóviles eléctricos porque no pueden ponerlos en marcha. Los que sí han logrado conducir se pelean por llegar a la salida. El atolladero es tal que a pie avanzo más rápido que todos ellos. Los gritos e insultos van en aumento; unos pocos intentan resguardarse o rezan de rodillas, mirando el cielo. Al verlos pienso que exageran, que el mundo está lleno de gente dramática y que esto muy pronto concluirá. Todavía no sé muchas de las cosas que van a pasarnos, no puedo imaginarlas. A un costado del hangar mayor se ven unas maletas abandonadas y un teléfono móvil que ha sido arrojado con furia y allí quedó, estampado contra el piso.

Un poco más allá observo que sobre las playas de estacionamiento que bordean la salida ya no quedan autos. Me acerco a uno que está completamente abierto, vacío, con las llaves en el contacto y las ventanillas bajas. Me pregunto qué habrá pasado, por qué habrá quedado así. Aunque por un momento lo visualizo, no me animo a subirme y salir conduciendo sin papeles.

Miro la batería de mi celular. Le queda un poco menos de la mitad, unas cuatro rayitas. Lo primero que voy a hacer cuando llegue a la casa que alquilé desde la Universidad de Ramsdale es darle una carga completa. Si algo me preocupa es el acceso a toda la información que guardo en mi teléfono.

Ya fuera del aeropuerto camino unos kilómetros por el borde de la banquina. Según indican los carteles, voy en dirección a la Capital Federal. No recuerdo casi nada de esta ciudad en la que nací. Sólo retengo algunas imágenes borrosas de mi infancia que no estoy segura de si son recuerdos reales o construcciones que hice a partir de fotos que me mostraron mis padres cuando fui más grande.

Argentina y los asados con amigos. Argentina y el mate. Argentina y los alfajores. Un lugar del todo asociado a los alimentos que derivan de la vaca, de su carne, de su leche, de los cueros con los que se forran los mates y se confeccionan los zapatos y las carteras. Una bruma húmeda con olor a carne asada. Eso es lo que queda de este país en mi memoria. Eso y la rayuela dibujada con un pedazo de piedra caliza en el asfalto. Mis amigas y yo cortando la calle con una soga para que los colectivos se detengan cuando la partida está empezada. El colectivero bajando a desatar un lado de la soga. La posterior lista de insultos encadenados.

Los vehículos pasan a toda velocidad por esta zona de la autopista. Hago dedo. *Stopcar*, como le dicen allá. Nadie se detiene. Estoy cansada y las valijas me pesan. Ato la campera a mi cintura. Un hombre clava los frenos a la altura de un predio enorme donde se distingue sin problemas la sigla AFA pintada sobre un enorme rectángulo blanco de chapa. El automóvil termina deteniéndose un poco más adelante de donde estoy. Me acerco buscando la mirada del conductor, que baja la ventanilla y me pregunta si quiero que me alcance.

—Voy a Mataderos. ¿Me puedes llevar tú? —le digo—. Es cerca de la ciudad, si creo bien.

De nuevo exagero mi acento y lo trato de «tú» para viajar más segura. Se hablan cosas raras de las personas de estos lados. Robos, agresiones, paseos en taxi por cualquier parte. Ahora que lo pienso, quizá debiera haberle dicho «che» o «boludo» para parecer una argentina real. Ésas eran las formas de trato coloquial que a veces les comentaba a mis alumnos en las clases.

—No es tan cerca, pero subí —responde el señor, y baja del automóvil para ayudarme a guardar el equipaje en el asiento trasero.

Más adelante, me comenta que tiene el baúl lleno de alimentos; que acaba de hacer una compra grande por las dudas.

—*What?* ¿Por las dudas qué cosa? —pregunto.

—Mejor prevenir —asegura—. Uno nunca sabe... y yo soy así. Prefiero que sobre. En verdad, así somos los que tuvimos a nuestros padres en la guerra.

No respondo. No sabría qué decir. Sólo pienso que exagera, y que tampoco hay comestibles en mi equipaje.

Pasamos por un control policial y el hombre me explica que el parpadeo intermitente de la energía lleva unas siete horas en la ciudad y sus alrededores, pero que hacia el noroeste y sur del país ya dura más de veinticuatro horas.

—¡Oh! *Really?* ¡No sabía nada!

—Escuché que no es sólo en la Argentina —insiste en tono inquieto.

—En el aeropuerto también terminó por apagarse todo —le comento al pasar—. Fue difícil salir. Las personas pedían ayuda. Se vio un resplandor al final y ya no hubo luz.

El hombre mueve indignado la cabeza, pero no agrega nada a mi relato. Su carro es lindo, parece nuevo, aunque el interior está bastante desprolijo. Me quedo mirando una campera algo pequeña. Por la talla sé que no es suya. ¿De quién entonces? Hay unos papeles encima de la guantera y en el piso un *skate* de colores verdes y azules junto a un juego de rueditas de repuesto. Inclinada hacia atrás, escucho que me dice:

—De mi hijo.

¿Le habrá molestado notar que inspecciono el automóvil? Por las dudas vuelvo la vista hacia adelante y me concentro en la línea blanca del centro de la autopista. No respondo nada a su comentario. Pienso en un niño pequeño, de unos siete u ocho años. Miro de nuevo mi celular inerte. El hombre acelera sin hacerme más preguntas, y eso me deja tranquila.

—¿Te molesta si fumo? —dice pasados unos kilómetros.

—No.

—Hace diez años y cinco meses que dejé de fumar.

—¡Entonces no lo encienda!

Con el cigarrillo entre los labios y una mano en el volante, fricciona sobre la rosca del encendedor. Hace arder la punta de su tabaco y pita intensamente para después exhalar el humo por el espacio abierto de la ventanilla. El humo ingresa al habitáculo de todas formas.

—Igual, ¿cuánto más vamos a vivir?

3

Un camión enorme está volcado delante de nosotros, entre la autopista y la banquina. Ciertas personas juntan las latas de algún alimento que no termino de identificar.

—¿Qué son? ¿Guisantes? —pregunto.

—Leche condensada —me responde el hombre, muy seguro.

—¿Y tú..., vos? ¿Cómo te llamas?

—Me dicen Rostov. Tengo un apellido muy largo.

—Yo soy Guinea —me presento.

—Bienvenida a la Argentina, Guinea. Mal momento, pero es un lindo lugar. Quizá mañana o pasado puedas apreciarlo mejor.

—Eso espero.

—¿De dónde sos? —me pregunta—. Tenés un acento raro, como anglosajón.

—Mi padre fue a trabajar a Carolina del Sur, a mediados de los años setenta, y terminamos todos instalados allí.

—Qué bien. ¿Y en qué parte del sur?

—Los primeros años viví en Ramsdale. Después me fui a estudiar a Berkeley y terminé dando clases de literatura en la zona donde todavía viven mis padres.

Noto que quiere seguir haciéndome preguntas, pero no dice nada más. Hay algo en él que me incomoda. Quizá su curiosidad. Esa especie de ánimo jocoso que lo habita en medio de este desastre. Pienso que debería bajarme del automóvil. Lo pienso a cada rato, a cada peaje que pasamos. Pero me decido por lo que creo que me conviene: esperar un poco más. No sé cómo podría moverme en esta ciudad sin la carga de batería que mi teléfono necesita ya mismo.

4

Recorrer Buenos Aires sin luz eléctrica es una tarea titánica. No funcionan los semáforos, ni los peajes, ni el alumbrado público. No debe de ser distinto en los Estados Unidos, ni en Europa o el resto del mundo. Todos los continentes han sido afectados por el apagón.

Mientras conduce, Rostov me cuenta que se supone que en China no están atravesando esta tragedia. Me resulta muy extraño ese dato. Además, ¿cómo podría saberlo? De todos modos, asiento conforme para no discutirle.

Más adelante nos detenemos en un embotellamiento. Cada tantos kilómetros vemos a una serie de personas que comparten información al estilo de los antiguos juglares, pero sin generar risas o entretenimiento. Los vecinos se congregan a su alrededor intentando escuchar. Algunos discuten y se empujan para acercarse aún más. Los informantes hablan a través de unos megáfonos blancos bastante grandes. Gritan que somos víctimas de un atentado al mundo occidental, que van a estafarnos a todos, que los comunistas quieren destruirnos, y aseguran que «la parte buena del mundo debe detenerlos». Pienso en cómo harán los buenos para comunicarse entre ellos si no vuelve la luz. ¿Qué tan seguros están de que nosotros somos «la parte buena del mundo»?

—¿Fumás? —me pregunta Rostov cambiando de tema—. Para encender el cigarrillo no hace falta batería —agrega en tono divertido.

Se ríe fuerte, sonso.

Lo sigo para caerle bien, porque me está llevando. Pero no me causa gracia el chiste.

Miro mi celular una vez más. Nuestras risas ocupan todo el espacio de la cabina. La distensión dura un momento. Él se desabrocha el cinturón de seguridad. Algo de su actitud no me gusta, aunque la entiendo.

—Para qué preocuparse por las infracciones de tránsito si ya nadie nos mira —me dice cómplice, y vuelve a chequear el botón de la radio, a ver si enciende—. Nunca me soporté que nos obliguen a usar estos cintos. Algo bueno tiene todo esto. Hay que mirar la parte del vaso medio lleno.

Más adelante cruzamos un cartel verde que no llego a leer debido a la velocidad a la que vamos.

—¿Qué decía? —pregunto.

—Río de la Plata. Atrás tenemos el Riachuelo, hacia adelante está el Río de la Plata, la zona norte de la ciudad.

Luego de darme las coordenadas me comenta que va a bajar antes, en la siguiente salida, así me deja más cerca.

—No, no. Tú toma tu camino, que yo veo después —respondo. Quiero parecer organizada y mostrar que tengo mis propios planes.

—En serio, no me molesta para nada. ¿A qué punto exacto de Mataderos vas? Ibas a Mataderos, ¿o no?

Abro mi celular. Ahora la batería bajó hasta el cinco por ciento. Quiero iniciar la aplicación donde figura el destino al que me dirijo, pero no consigo conectarme.

—No sé —insisto—. Me bajo y tú sigues. No estoy consiguiendo acceder a la dirección de la casa de huéspedes.

Rostov gira la cabeza y me mira. Me aterra que no preste atención al camino.

—¿Cómo que no sabés? ¿Y dónde te dejo?

—Acá está bien, o allá, un poco más adelante.

—Acá en la autopista no te voy a dejar.

—Espera un momento, *please*. Dejame ver. —La conexión pareciera establecerse, pero es otra falsa alarma. Tengo muy poca batería y sigue bajando.

Cuatro por ciento.

Tres por ciento.

—¿No tenés un cargador para enchufar el teléfono al auto?

Su comentario no me entusiasma. Igual lo busco en mi mochila.

—Mientras nos quede nafta vamos a tener algo de energía —agrega, y larga una carcajada que no entiendo a qué viene.

Encuentro mi cargador y chequeo la ranura del puerto que ofrece el panel del auto. Doce voltios. No sirve. Es demasiado pequeña. Se nota a simple vista que no va a encastrar. Rostov levanta la puertita del compartimento que hay detrás del freno de mano y me extiende un adaptador universal.

—Probá con todos, alguno tiene que servir —dice.

El cable que tengo conecta con una de las muchas bocas del manojo de cables de colores.

—¡Ey, es éste!

—¿Funciona?

—Parece que sí.

La batería del automóvil produce el milagro y mi teléfono comienza a cargarse. Ya no sé cuántas salidas pasamos y dónde voy a bajarme, pero si puedo cargar el móvil todo estará mejor. Espero unos segundos para que el ícono muestre que ya tengo una cantidad de energía suficiente.

—¿Abrió la *app*? Decime la calle exacta y te dejo en la puerta.

—Con que me acerques alcanza, de verdad. Puedo caminar.

—Fijate, en serio. No me cuesta nada llevarte.

No respondo a la insistencia del señor. Con el celular enchufado al auto intento abrir la página del hospedaje. Nada. No se inicia. Hago la prueba con otras aplicaciones. Ninguna funciona. No es un problema de batería. Sencillamente no habrá conexión a la red. A nada. Será imposible acceder a ningún tipo de *app* o plataforma.

—En serio, te digo. No me molesta dejarte donde me digas.

—Ya sé, ya sé. Pero es que la red está caída. No me abre ni siquiera el mapa.

—Vos seguí intentando, ya va a conectar —dice Rostov, optimista, y vuelve a presionar con fuerza el botón que debería poner a funcionar la radio del auto, que tampoco responde.

5

Unas veinte cuadras después de que Rostov deje atrás la autopista por una curva en bajada que sale a la derecha, sigo igual. No he podido conectar el teléfono a la red. Tampoco pude responder al mensaje de Nicholas ni recuperar la dirección de mi hospedaje. Pese al panorama, intento confiar. Me gustan los árboles pequeños que sembraron al borde del camino. El auto avanza por una avenida con semáforos y mucho tránsito. En algún momento la avenida se vuelve de adoquines, lo que me llama mucho la atención. Cuando me doy cuenta, ya estamos en lo que parece ser un vecindario superpoblado de edificios y casas de muy distintos estilos y tamaños. El automóvil comienza a moverse más lentamente. Hay una gran cantidad de comercios y restaurantes. Luego de un bulevar verde bastante bonito, llegamos a una plaza. Hay una calesita colorida en una de las esquinas. Está cerrada. Quieta. No sabía que seguían existiendo estos artefactos en la Argentina. Me invade la nostalgia de mi niñez, de aquellos años en los que fui feliz en este país sin parques de diversiones. Imagino que la calesita gira llena de niños a plena luz del día. Yo voy abrazada a uno de los barrotes de aluminio para estar más a mano de la sortija. Así llamábamos a esa arandela que, si una lograba sacarle al calesitero, te convertía en acreedora de una vuelta más. «Sortija». Hacía años que esa palabra no venía a mi memoria. Rostov detiene la marcha e interrumpe mi recuerdo endeble antes de que concluya. Me pregunta si voy a bajar o qué quiero hacer. Dice que estamos más o menos en el centro de Mataderos. Le agradezco toda su ayuda y comienzo a despedirme. Antes de terminar de recoger mis cosas del asiento trasero, el hombre vuelve a insistir en que agende su número de teléfono para comunicarme si llegara a pasarme algo inesperado. ¿Qué podría ser más inesperado que todo esto?, pienso. De todas formas le doy las gracias.

A punto de salir, lo miro detenidamente por primera vez. Tengo la mitad del cuerpo afuera del auto y un pie y la cabeza todavía dentro. Rostov no es un hombre viejo, pero es bastante mayor, canoso. Debe de tener unos quince o veinte años más que yo. Tampoco es lo que podría decirse «atractivo», pero se lo ve entero. Lleva el pelo prolijamente cortado a la altura de las orejas y su boca parece seca, pastosa. Tiene los labios partidos y una nariz que no desentona tanto, aunque sí apenas.

—¿No querés dejar que el celular termine de cargarse? Te espero unos minutos. Por las dudas.

Es pesado, pero bastante apuesto para su edad. Además, yo no estoy en condiciones de rechazar su ayuda. Nadie sabe cuánto puede durar el apagón, y no sé adónde podría ir a dormir si no logro conectarme a la red.

Meto de nuevo la mochila en el automóvil y vuelvo a sentarme en la butaca del acompañante. Luego me estiro para dejar el abrigo en el asiento de atrás y me reclino apenas sobre el respaldo. Observo la pantalla todavía sin brillo de mi *smartphone*. Los minutos no avanzan. El tiempo parece haberse detenido.

Rostov dice en voz alta que ya son las diez de la noche y que mejor va a buscar un lugar donde estacionarnos bien, y así estirar las piernas. Necesito comer algo para engañar al estómago. Su idea me seduce.

6

No debería aceptar la invitación de Rostov, pero finalmente lo hago. Me autoconvenzo de que no es un acompañante peligroso. Todo el tiempo intenta disimular que está preocupado detrás de esa risa nerviosa que larga sin motivo. Compartimos un sándwich que trae de un kiosco cercano y después de una media hora de esperar sin sentido a que la batería de mi celular se cargue, cuando ya no sé cómo seguir adelante, decido ir a su casa.

—Sólo por esta noche —le digo.

—No hay un lugar al que retroceder.

Salimos desde Mataderos ahora en dirección a la autopista. De nuevo la autopista en dirección al Río de la Plata. No recuerdo haber visto ese río cuando era niña. Algo de la idea de que por ahí estemos cerca me saca de la angustia.

Al pasar por una estación de servicio abarrotada de autos, Rostov se cuelga observando la infinita fila y el barullo de los bocinazos. Son decenas de personas varadas a la espera de que la luz retorne para que el combustible suba desde los reservorios subterráneos de la tierra hasta los tanques de nafta. Rostov parece perplejo. Perturbado.

—No se va a poder transitar si no vuelve la energía —dice como descubriendo la pólvora.

¿Cómo puede ser tan tonto? Dice cosas que sólo debería pensar.

—¡Cuando se acabe lo que nos queda en el tanque vamos a estar en problemas! —continúa.

¿En serio?, pienso. Pero, en lugar de lanzar la ironía, tarareo mentalmente una canción de moda para dejar de escucharlo.

Segunda parte

7

Entramos a la casa de Rostov. Yo camino detrás de él. Me siento incómoda, algo perturbada, pero la angustia de la incertidumbre ha cedido un poco. Por algún motivo no tengo miedo de internarme en la casa de un desconocido. Luego de empujar las pesadas rejas del portón, atravesamos el parque que precede la edificación. Todo está oscuro, sin embargo puedo divisar plantas con flores y árboles altos. El barrio parece tranquilo. Es una zona baja, sin torres de apartamentos ni fábricas. Los alrededores se muestran apacibles, mucho más que las zonas que atravesamos para llegar. No le quiero preguntar dónde estamos ni a qué distancia de aquella parada donde debí haberme quedado. Prefiero no mostrar mis dudas y parecer fuerte y decidida. Es algo que arrastro desde la adolescencia, algo que me hace sentir mejor.

De camino a este lugar, durante todo el recorrido, vine registrando mentalmente cada curva, cada puente y cada desvío:

° Subimos a una autopista de muchos carriles.

° Pasamos por una garita de peaje.

° Bajamos a esta zona de mucha arboleda y calles anchas.

Debería anotar toda la información recabada en cuanto pueda, para no olvidar el camino de regreso. Una vez que el desperfecto haya pasado, veré sola cómo volver hasta el departamento de alquiler. Si no ocuparon mi reserva, me instalaré allí hasta encontrar un lugar definitivo, tal vez uno no tan alejado de esta zona que ahora conozco un poco más y me resulta agradable.

Puedo imaginarme viviendo en un espacio así: verde, sin comercios, de casas bajas. Tan distinto al puro cemento de Ramsdale, con sus chalets idénticos uno al lado del otro, todos construidos en línea recta, antecedidos por buzones para las cartas que nadie envía y coronados con alarmas y cercos perimetrales electrificados.

Unos perros se pelean en la vereda de enfrente. Los miro sin decir nada. Estoy asomada entre los barrotes de la reja. Creo que un animal tiene el hueso del otro. La escena va subiendo de tono. Pareciera que se miden ante un ataque feroz. Rostov cruza para ver mejor lo que en apariencia está a punto de estallar. El perro más grande parece un dogo. Clava sus colmillos en el cuello del chiquito y comienza a sacudirlo con fuerza.

—¡Basta! —les grita impostando un tono de voz autoritario que ni siquiera los perros le creen.

Yo salgo y me paro un poco más cerca de él, justo detrás, con ánimos de intervenir. El dogo enorme sigue sacudiendo al perro más chico de raza desconocida, o mezcla de un montón de genéticas casuales. Sólo se detiene cuando la sangre comienza a brotar del cuello de su víctima, y hasta hacerlo caer sobre el asfalto. El perrito queda inmóvil junto al hueso sin carne que ahora el dogo huele y deja tirado antes de volverse satisfecho hacia su casa. Frente a semejante postal de bienvenida quiero gritar, pero me quedo en silencio, pensando que de eso se trata la supervivencia de la raza humana. Parecemos civilizados porque hablamos y argumentamos, y nos movemos erguidos, sabemos lenguas, estudiamos ciencias, leyes, pero en verdad sólo estamos intentando no matarnos, como estos animales de la ciudad y las bestias salvajes. Somos idénticos a esos perros de fuerzas desiguales a la hora de asegurarnos la subsistencia y la comida.

8

Dejo mis maletas en el comedor y Rostov apoya sobre la mesada de mármol la pesada caja con los alimentos que consiguió antes de levantarme en la autopista. Observo el sofá del que me habló en el viaje. Es más chico de lo que imaginaba cuando él lo describía. Capitoné beige y ribetes dorados, como esos de estilo francés. De todas formas, y aunque esté lejos de parecerse a una cama, no está mal. Peor sería tener que dormir en la entrada de un cajero automático, entre cartones, o en el banco de una iglesia. No tengo demasiadas pretensiones. Además, siempre pude dormir bien en cualquier superficie. Incluso en la universidad, donde todos peleaban por los cuartos con las mejores camas.

Por aquella época yo aceptaba la habitación que me tocara por sorteo. Los profesores solían armar listas de espera para los cuartos con mejores muebles y colchones. Si no salían beneficiados por el sorteo, iniciaban discusiones eternas y se peleaban entre ellos. No me interesaba esa dinámica, ni la cama que me tocara en suerte. Total, yo iba a seguir acostándome por las noches en cada recodo que visitara con Nicholas. A veces, después de nuestros encuentros furtivos, me quedaba dormida donde hubiéramos terminado: un banco, un pupitre, el cubículo de un baño. Nos empezó a gustar ir llevando el riesgo a un punto cada vez más extremo. Que pudieran vernos, que pudiéramos caernos... Un banco de madera en la sala de máquinas. El piso de un viejo lavadero abandonado en la terraza. Una cornisa. La mesada de mármol del laboratorio de física y química.

Una tarde, cuando ya había terminado de corregir parciales y emprendía la vuelta a mi cuarto, me puse el piloto y salí por el pasillo del claustro central. Nicholas apareció corriendo algo agitado. Se había escapado en medio de la clase de latín con una excusa bastante básica. Me pidió un beso.

—¿Por qué hacés preguntas que ya están respondidas? —le dije—. Ya sabés cómo son las cosas en este lugar.

—Por favor, vayamos afuera que quiero decirte algo.

Se había sacado un cien sobre cien en griego y no podía esperar para contármelo.

Subimos a la terraza por escaleras distintas. Yo desde el claustro central, él por el ala trasera. Caminamos por los techos cada uno desde su sector, adivinando adónde iría el otro. Intuí que sabría cuál iba a ser mi lugar y me dirigí hasta la sombra que se proyectaba por la tarde debajo del monumento de dos soldados romanos que sostenían un gran reloj. Desde la terraza de la universidad se los veía de espaldas, rústicos y gastados por la erosión del viento. Aquieté mi excitación y esperé. Me senté en el piso y al ratito volví a ponerme de pie. Si no llegaba en los próximos minutos, iba a regresar por donde había llegado. Salté caños de agua y andamios dispersos por toda esa terraza inmensa y traté de pararme sobre un escalón alto para ver si mi alumno estaba del lado del edificio por donde me dijo que subiría. Busqué con la vista los puestos de guardia. El recambio había empezado. No quedaban gendarmes en ninguna caseta y los del turno de noche entrarían de vuelta cerca de las ocho, cuando hubiera concluido la caída del sol. Miré el reloj de mi *smartphone* y esperé un mensaje suyo. Nada. Me daba pena irme porque había encontrado el lugar perfecto para un encuentro con él, pero de todas formas salí. Caminé hasta el final de la baranda de la escalera caracol que terminaba en una puerta ciega en el subsuelo y comencé a bajar. A los pocos pasos escuché un chistido y me di vuelta. Era él. Estaba transpirado y hermoso. Me acerqué y lo agarré del pelo. Le encantaba eso. Tiré hacia atrás y le besé los labios. Quiso desabrochar mi camisa allí mismo, pero no lo dejé. Le dije que se acostara en el suelo y me senté a horcajadas encima de él. Le apreté el cuello con las manos y me balanceé sobre su pelvis. Enseguida estuvo duro. Jadeaba. Tomé distancia para verlo. Salí de mi posición y me retiré hacia atrás. Él me miraba desde el piso, indefenso, casi suplicante. Acomodé mi ropa y decidí irme. Me siguió. Nos besamos de nuevo sobre la baranda de las escaleras. Yo bajaba unos peldaños y él iba detrás. Me detuve y dejé que el beso fuera más intenso. Su lengua hurgaba en mi boca con la sorpresa de un animal reconociendo el terreno. Lo toqué y volví a alejarme.

—Acá no, basta —le dije. Pero sabía que no iba a obedecerme.

Continuó y puso las manos sobre mis tetas. Le chupé la cara y dejé que me abriera la camisa. Después me agaché para bajarle el cierre de la bragueta y escuché un ruido. Era el cambio de guardia. Alguien subía por donde yo debía bajar. Mandé a mi alumno a la otra terraza. Le dije que no se moviera hasta estar muy seguro de que no hubiera gendarmes a la vista. Saludé al que subía mientras yo bajaba a gran velocidad abotonándome la camisa y mirando el piso.

—¿Necesita algo, señorita?

—Sólo pasé a conocer la terraza y tomar algunas fotos.

—Ésta es un área restringida para el personal.

—No lo sabía, ya bajo.

—Usted es docente, ¿verdad?

—Sí.

—¿Podría darme su número de legajo?

Le di mis datos y seguí mi camino. Estaba excitadísima y sola. Aquello no iba a terminar así.

Esa noche Nicholas durmió en la terraza del ala sur del edificio de la universidad. Como a las cuatro de la mañana, cuando el gendarme de seguridad se quedó dormido en la caseta, pudo bajar por la escalera del fondo. Me lo contó a la mañana siguiente para enternecerme y que le abriera la puerta de mi cuarto antes del horario del desayuno. Me calentó que, a pesar del mal momento, no se dejara amedrentar. Sabía lo que quería. Era un chico aplicado. Llegaría lejos. El deseo se había despertado en él y eso lo desataba en mí con la furia de un mar embravecido. Lo dejé ingresar a mi cuarto y le di la orden de desnudarse y acostarse boca arriba en mi cama. Le puse un pañuelo en la boca y le dije que se agarrara de los barrotes del respaldo. Le hablé al oído en tono inflexible.

—Jadeás con ruido una vez más y no volvés a pisar mi cuarto.

Bajé hasta su pelvis y le chupé el pene hasta cansarme. No me detuve cuando se endureció. Después le saqué el pañuelo de la boca y le dije que hiciera su parte.

Desde aquella mañana, Nicholas me seguía por los pasillos de la universidad siempre a cierta distancia, siempre esperando que no hubiera alguien cerca escuchándonos para decirme alguna grosería al oído. Yo caminaba y daba vueltas alimentando mi imaginación hasta elegir un sitio escondido e invitarlo allí a cierto horario exacto. Llegaba siempre unos minutos antes para poder esperarlo. Él obedecía. Yo me excitaba en la espera. Unos minutos después, que muchas veces eran demasiados, mi alumno entraba al lugar oculto de turno y se lanzaba a mi cuello para comernos a besos. Eran días de desesperación y ansiedad. Con mis manos, yo buscaba el bulto de la verga entre sus piernas. Obvia, obtusa, iba siempre a la misma parte de su cuerpo. No me avergonzaba, ni siquiera pensaba en lo que hacía. Algunas veces, cuando nos abrazábamos para descansar, nos quedábamos dormidos en el piso de algún salón desocupado, incluso del cuarto de servicio o del taller de máquinas de la universidad. Nos despertaba el frío un rato más tarde, o algún sonido inesperado. Cuando alguno de los dos se daba cuenta, salíamos corriendo a nuestros sitios, casi sin despedirnos. Yo andaba sucia por los claustros y las aulas de la facultad. Durante las clases, de casualidad, solía encontrar manchas de brea en mis brazos o en mi ropa. Me movía con cierta alegría indisimulable, intentando que de mis labios no se escapara la sonrisa que podía delatarme si me cruzaba con alguien.

Ahora, en la casa, Rostov saca de la caja las latas que compró y las va guardando en los estantes de la alacena. Como el espacio se le termina, las empuja y apila unas sobre otras. Entonces, rompiendo el silencio e invitándome a desviar mis ojos todavía fijos en el sillón, me pregunta:

—¿Te parece que estarás bien ahí?

—Sí, sí. Gracias —respondo sin pensarlo.

—Mañana tengo que volver a Capital y podría llevarte hasta Mataderos si querés.

—¡Oh! *Great.* Eso estaría muy bien.

—Así intentás buscar tu hospedaje, ¿te parece?

—Sí, te lo agradezco mucho, Rostov.

—Estate lista a las nueve, entonces.

—¡Claro! Seguro todo va a estar solucionado para esa hora —respondo optimista.

—Ahí tenés el baño y ahí, donde ya viste, está la cocina. Podés usar lo que quieras. Buscá un vaso en la alacena aquella si querés agua —dice señalando con el índice.

—Excelente.

Luego de las explicaciones, me extiende un cubo pequeño de color negro.

—Si querés salir por algo, podés abrir el portón con esta alarma.

—Pero...

—Guardala, guardala vos. Nosotros ya tenemos una cada uno. Y ojo, no la pierdas, que es la única copia de repuesto.

Quiero decir que, sin luz en la zona, la alarma debe de estar desactivada y que seguramente no funciona. Pero en lugar de eso pregunto:

—¿Nosotros?

—Claro, Vladimir y yo —responde.

Asiento. Cuando Rostov se distrae, acerco el comando a la ventana y presiono el botón con fuerza en dirección al portón.

Como pensé, no responde.

No sé cómo voy a salir de esta casa cuando me decida a hacerlo.

Escaneo con mis ojos el living en busca de algún otro dato del hijo de Rostov. Algo concreto. Un elemento que pueda ser suyo. Mientras tanto, le agradezco al hombre su hospitalidad con fórmulas comunes y palabras trilladas.

Cuando todo parece indicar que no hay nadie más que Rostov y yo en la casa, aparece Vladimir. No es un niño como sugería el *skate* del auto ni un adolescente como imaginé tras el comentario de Rostov hace un rato, cuando habló de «nosotros», en relación con él y su hijo. Su pubertad está apenas despuntando. Tiene una estatura mediana y aspecto desaliñado. Sobre su labio superior asoma una sombra que ni siquiera llega a ser bigote. Sale del interior de la casa por detrás de la puerta de madera y vidrios repartidos. Está a medio vestir y su cabello despeinado todavía gotea. Lleva el torso descubierto y un pantalón de jean bastante ceñido. Trae entre las manos un toallón blanco hecho un bollo. Mira al padre con odio y se vuelve a ir. Con desgano, atraviesa el comedor en dirección al fondo. Imagino que por allí deben de ingresar a los dormitorios.

—Nunca avises nada, vos, ¿eh? —rezonga mientras se aleja.

—¡Perdón! ¡Perdón! No fue intencional.

—Está bien, dejá.

—¿Cómo te arreglaste sin luz, hijo? Vení, contame, que te presento a una amiga que encontré en la autopista.

—Después —dice, y desaparece internándose en el pasillo en el que sólo puedo ver un piso alfombrado y paredes revestidas en madera sobre las que se recortan varias aberturas.

Saco los ojos de la puerta por la que se fue el chico y recorro con la vista el lugar que habitaré durante las próximas horas. Al final del paneo me encuentro con Rostov. Tiene casi medio cuerpo metido en la heladera y una linterna en la mano con la que revisa su interior, ahora oscuro y tibio. En el piso, debajo de sus pies, hay un charco de agua enorme. Saca una bandeja con algunas fetas de queso y una bolsa de pan lactal. Cierra la puerta y me invita.

—Comamos algo, debés estar famélica después de tanto viaje.

—Gracias. Estoy bien.

—¿*Chicken* o pasta? —insiste, y larga una carcajada que me abruma nuevamente por su exageración.

Le sigo el chiste con desgano y en mi tono de voz más bajo contesto:

—Se me cerró el estómago, gracias.

—Bueno, está bien. ¡Como quieras! —responde—. Vos te lo perdés. —Y corre una silla hacia atrás para sentarse—. Si te arrepentís, estás invitada. No te voy a insistir.

—Está bien, *thanks*.

—¡Ah! ¡Otra cosa! Ahora termino esto y te explico algunos detalles más sobre la casa. Este jamoncito está de lujo. Hay que terminarlo antes de que se ponga malo.

Justo en ese momento se escucha una explosión de gran magnitud. No podría comparar ese estallido de vidrios y metales con nada parecido. Por un segundo imagino que así debió de haber sido la caída de las Twin Towers, o el impacto de los dos aviones contra ellas. Corremos hacia la ventana, pero el hijo de Rostov regresa exaltado y dando órdenes a los gritos.

Que nos alejemos de las aberturas.

Que nos resguardemos debajo de la mesa.

Que no tengamos miedo.

Obedezco todo sin pensarlo. Un olor a quemado invade el ambiente. Es una especie de polvo húmedo que se mezcla con aroma a carne chamuscada. En pocos segundos estamos los tres acovachados en ese pequeño refugio provisorio de apenas un metro cuadrado. Rostov pasa un brazo por encima de mi hombro y yo estoy tan aterrada que lo dejo, no digo nada ni intento sacarlo o correrme de ahí, sólo miro a su hijo, que ahora tengo a unos pocos centímetros de mi cara. El chico se quita el pelo de la frente y me muestra unos ojos claros y el terror detrás de esa primera mirada. Siento en la piel su respiración.

—Hola —le digo—, soy Guinea.

—Hola —responde—. Vladimir.

9

Después del estallido y los gritos de desesperación que impuso la sorpresa, notamos que la casa ha quedado prácticamente entera. Algunos objetos cayeron al piso. Ollas, adornos, cuadros y libros. Otros se hicieron añicos. Casi no hay un plato sano y de los vasos que no eran de plástico no se salvó ninguno. Sólo sobrevivieron al desastre las copas que estaban en una alacena que resistió incólume. Muchos muebles no van a servir más. Las paredes aguantaron de milagro y el techo por suerte no cedió. Estamos mejor que varias casas linderas.

Subida al techo de la cucha de Borges, que según comentaron es el perro más viejo de la familia, observo por encima de la medianera. Realmente es perturbadora la postal de la cuadra. Tenemos suerte de estar en este espacio más o menos a resguardo.

Durante la madrugada, cuando el sopor del estallido nos abandona, entre los tres separamos lo que ya no tendrá arreglo. Vamos poniendo pedazos y restos de objetos irreconocibles en recipientes vacíos para sacar después al parque y de noche a la calle, si es que podemos salir. El peligro afuera parece aumentar minuto a minuto.

Entre lo que me toca recoger encuentro un portarretrato. Quito los vidrios rotos y recupero una foto algo descolorida que todavía muestra la imagen de Rostov sosteniendo a Vladimir en brazos. La sacudo para ponerla de nuevo en el marco ahora sin vidrio, pero en su lugar. Al reubicar la imagen veo que hay otra foto detrás. Una mujer de pelo negro y ojos claros besa en la boca a Rostov. No está vestida de blanco, pero el traje de él y el detalle de unas flores sobre el corte de la imagen me hacen pensar en una boda. ¿Es la madre de Vladimir? ¿Por qué la otra foto tapaba ésta? No me animo a preguntar, pero se me ocurren muchas hipótesis, ninguna que cierre con la muerte lenta o repentina de la mujer.

Cuando el sol empieza a calentar y el día se ha iniciado, tenemos todo prácticamente reordenado. Sin querer, ya nos convertimos en un equipo. Rostov se da maña con las tareas de reparación. Tiene un galponcito al fondo donde guarda insumos de ferretería a los que recurre a medida que los vamos necesitando. Martillo, tenazas, un serrucho. Pinzas, espátulas, clavitos. Todo eso es oro en polvo en esta situación. Si bien no podemos usar las máquinas eléctricas aunque tengamos mechas, tarugos y tornillos, sí podemos empezar a reparar algunas cosas con las herramientas de mano. Yo me ocupo de juntar y eliminar los vidrios y todas las cosas que no tienen arreglo. Antes pregunto y ellos me van diciendo si espero o descarto. Algunos objetos no sirven en su forma habitual, pero pueden servir como parte de otra cosa que muchas veces mi mente no puede imaginar. Voy metiendo todo en cajas que luego apilo cerca del portón que da a la calle.

Vladimir se mueve rápido y es el que mejores ideas tiene sobre qué podemos crear con cada retazo de madera destartalada. Va y viene por toda la casa. Por momentos hasta le da órdenes al padre para que no pierda tiempo en los objetos más viejos, o de poco valor, y luego se deja caer exhausto sobre el sofá del comedor para no seguir ordenando.

Rostov se cuelga mirando la carcasa de una lámpara que perdió todas sus lucecitas y caireles en la explosión.

—Eso tiralo ya. No vamos a tener lamparitas para reponer y, aunque las consiguiéramos, ¿para qué queremos una araña así ahora?

—¡Pero era de tu abuela, hijo! Vino de Europa.

—A nadie le importa eso, papá.

—Es que...

—Movete, viejo, por Dios. No estamos para lamentos ahora.

Salgo al parque para recorrer el lugar con mejor luz. No pude ver bien el exterior de la casa por la noche, durante mi llegada. Quisiera haber hecho un mejor reconocimiento del terreno para entender ahora cómo moverme sin miedo. Para saber dónde pisar sin caerme.

Cargo la caja de añicos y porquerías hasta el portón y lo observo. No quiero seguir haciendo más alto el montón de cosas para descartar. Tiro del herraje y lo abro haciendo fuerza de modo manual. Por fin piso la vereda. Es como un milagro estar afuera. ¿Afuera de qué? Salgo hasta el canasto y dejo todo ahí, como si fuera a pasar el camión recolector de la basura. Noto que la cuadra siguiente ha quedado devastada. No sólo nuestra manzana estalló en mil pedazos. Hay pocos árboles en pie, ramas enormes atravesadas en la calle, aplastando autos y techos. Va a ser imposible transitar por esta zona aunque vuelva la luz. Muchas casas siguen de pie, pero la gran mayoría no parecen más que pilas de escombros. Es tan deprimente todo como la escena de una película de guerra, algo que nunca vi tan de cerca y con mis propios ojos más allá de la ficción. Algunas personas corren los restos o los tiran hacia afuera desde sus jardines o patios. Quiero ayudarlos y me pongo a cargar un pedazo de cama con la mujer de al lado.

De pronto me parece escuchar voces desde el interior de los hierros retorcidos. Un par de voluntarios con casacas fluorescentes piden silencio. Hay un polvillo suspendido en el aire que no termina de caer y dificulta la visualización. Me arden los ojos y me corre agua ardiente por el lagrimal. Se oyen gritos de la búsqueda de damnificados. Hay vecinos heridos. El humo molesta al respirar. Unas cuadras más adelante algo se ha incendiado. No los vemos, pero lo sabemos: muchos ya están muertos.

Lo que nadie entiende es qué fue lo que produjo la explosión de anoche. Se dicen cosas delirantes que van desde el rumor de un escape de gas hasta la demencia de que un dron proveniente de China depositó explosivos en dos terrazas de la misma cuadra. Las autoridades municipales pasan en moto con altavoces analógicos, desde los que piden que permanezcamos en nuestros domicilios.

Comienza a caer el sol. Entro, segura de que la casa es el lugar donde mejor puedo estar. Agradezco la casualidad de haberme cruzado con Rostov. De pronto hasta siento deseos de decírselo, aunque no lo hago, no puedo hacerlo. Mi orgullo me gana. Él no obedece las órdenes que llegan de afuera. Dice que tiene con quien hablar a fin de que nos dejen salir del barrio para ir al banco a retirar todo el dinero de la cuenta y que va a traer más provisiones, porque pronto ya no va a quedar nada. Corre por la casa apurado buscando las llaves. Exagera sus movimientos. Va rápido de un lugar a otro. No respondo, pero levanto las cejas y los hombros en un gesto que siembra la duda.

Ahora, de golpe, Rostov deja de caerme tan bien. Empiezo a verlo como un hombre inmaduro. Imagino que es de esas personas que seguramente hayan elegido ser *boy scout* en algún momento de su infancia o juventud. Uno de esos seres amables, demasiado inclinados a lo que los otros esperan de ellos. Todo lo contrario de una persona respetable y seria.

—Yo me ocupo de todo lo que necesites —dice—. Sólo tenés que pedírmelo.

Así como está, desaliñado y sin abrigo, sucio y desencajado, sube al automóvil. Parece un borracho o un loco desquiciado. Lo sigo hasta allí. Quizá el hombre tome cierta medicación y yo no lo sé. Pienso en la gravedad de que se le acabe lo que sea que consuma. Encima, ahora va a gastar el combustible que nos queda en moverse entre locos y ladrones, personas heridas y escombros.

—Me olvidaba de algo, escuchame. Te pido encarecidamente que no entre nadie a la casa. ¿Me entendiste bien? No es para asustarte, pero esto tiene mal olor. Encerrate bien con las llaves de Vladimir y mantenete cerca de él. No dejes que se asome a la calle. ¿Puedo pedirte ese favor?

Asiento con la cabeza y asumo la responsabilidad. El tipo trata al hijo como si tuviera cinco años. Parece no estar enterado de que hace rato el chico se masturba y desea.

Rostov saca el auto en reversa. Antes me parecía un negligente. Ahora lo considero por demás precavido. Alguien lleno de miedos.

Giro la cabeza y busco a Vladimir y mi teléfono. Sigo sin tener conexión a la red. ¿Para qué quiero un aparato así? Un *smartphone* sin señal no sirve más que para ver algunas fotos de la galería de imágenes o usarlo como proyectil. Ninguna aplicación parece funcionar sin red. Estoy definitivamente desconectada y sin mucha más expectativa que esperar en este sitio. Voy hasta el sofá y observo el modo sereno y profundo en que duerme Vladimir. Acerco la cara un poco más a la suya. Descubro que tiene pecas debajo de los párpados y a los costados de la nariz. Son apenas perceptibles. Su dormir es plácido, cómodo. El ritmo cansino de su respiración me calma un poco. Calculo que debe de tener unos trece años.

10

A la mañana siguiente, salgo a caminar por el parque. Necesito pensar mi estrategia. No puedo seguir a la deriva los pasos de este tipo. Voy a cuidar de Vladi hasta que su padre vuelva, como me lo encomendó, pero, apenas pueda, cargaré unos víveres para seguir mi camino. Necesito pensar qué me conviene hacer.

Las hojas de los fresnos están íntegramente amarillas. Muchas cayeron armando un denso colchón sobre el césped. El lugar es hermoso, realmente adorable. Todavía me sigo preguntando qué hago acá. Cómo fue que llegué. Por qué ya le digo Vladi al hijo de Rostov.

Saludo a los perros, que son grandes y peludos como alfombras mullidas. Un terranova y un labrador. Parecen los dos muy cariñosos. Pienso que esta gente debe de gastar en alimento para mascotas más dinero del que yo podría destinar a comprar libros un año entero. Les acaricio los lomos y ellos se dejan caer al piso con las patas hacia arriba, como pidiendo más caricias, pero ahora en la panza. Es un momento agradable. El sol sale tímido entre las nubes, atraviesa las ramas de los árboles y pega en el césped. A trasluz de los rayos pueden verse unas mosquitas infinitamente pequeñas que se mueven a gran velocidad. Los perros juegan a mordisquear los cordones de mis abotinados. Si pudiera, subiría una foto del labrador justo en el momento en que un rayo de sol diera en sus ojos y los hiciera brillar. Pero ¿qué sentido tiene sacar fotos si no hay red donde subirlas? ¿Existe una foto si nadie la ve? Me preocupa que, aun cuando los teléfonos no funcionan, mi mente sigue pensando en imágenes compartibles.

Descubro que un poco más allá, hacia el fondo y siguiendo por el parque, hay una pileta. Hasta este momento no la había visto. ¡Una piscina! Está rodeada de hojas secas en colores ocres y rojizos. La puertaventana del comedor se abre de pronto y el ruido me sobresalta. Es Vladimir, que se asoma y me saluda a la distancia.

—Buenos días —dice, y hace el gesto de entrecomillar el «buenos». Tiene el pelo algo revuelto y, por alguna razón, pienso que le queda lindo. Su parquedad y apatía me caen bien. Hay algo de ese enojo permanente que le aporta cierta gracia y personalidad. Prefiero esa pose al exceso de amabilidad del padre. Me gustan su cara armónica y su cuerpo delgado. Calculo el horario. Deben de ser cerca de las once de la mañana. Busco de nuevo al chico con la mirada, pero ya no lo veo. ¿Volvió a dormirse? Elucubro una teoría sobre su apuro en desaparecer de mi mirada. Estoy loca.

Mientras camino por el fondo me estiro, extiendo los brazos hacia arriba, respiro profundo y exhalo el aire. Lleno los pulmones y después los vacío. Lo hago recordando a mi profesora de yoga de la universidad. Un grito me lleva corriendo a la cocina.

Es él.

Vladimir.

Está sentado en el suelo. Creo que intenta sacarse un vidrio que tiene clavado en la planta del pie. Hay sangre en su pantalón de jean.

Me acerco para ayudarlo, pero él me rechaza con un gesto.

—Dejá, dejá.

Corro al baño y reviso el botiquín. Traigo una botellita de agua oxigenada y otra de alcohol. Por suerte eran plásticas y resistieron la caída. Se las muestro sin decir nada.

—Ya me lo saqué.

—*Great!* ¿A ver?

—Lo tiré lejos al hijo de puta ese.

—Bueno, bien.

—Alto vidrio era.

—¿Cuál te ponés? ¿Ésta o ésta?

—Ninguna.

—Probemos, dale. Te va a aliviar.

—Bueno, pero despacio.

—*Okey, okey*. ¿Estás enojado conmigo?

—Nada que ver. Ni sé quién sos.

—¿Y entonces?

—Es con toda esta mierda.

—Relax, *baby*, ya va a pasar.

—No tengo diez años.

—En serio, ya van a arreglar el desperfecto y todo volverá a ser como antes. Es cuestión de horas.

—¿Y si no? ¿Y si realmente es un atentado?

—Eso ni siquiera lo sabemos. Está en tu cabeza.

11

Termino de vendar el pie lastimado de Vladimir y nos disponemos a tomar un desayuno tardío. Noto al chico un poco más calmado. Le cuento que estoy nerviosa porque su padre tarda en volver. Tengo el impulso de acomodarle el pelo, pero no lo hago.

—¿Qué te gustaría? ¿Una infusión? ¿Té, café? Todavía hay opciones para elegir. No muchas, pero hay —le comento en tono apocalíptico—. Así guardamos los alimentos para más tarde y no los gastamos todos ahora. Hay que ir aprendiendo a engañar el estómago.

—¿Y vos? ¿De dónde saliste? ¿Por qué me decís lo que tengo que hacer?

—Yo...

—Sí, ya sé, te subió al auto mi viejo y bla, bla, bla. Pero de dónde sos, por qué tenés ese acento raro.

Insisto en mi plan de tomar una infusión para engañar el estómago y voy poniendo el agua al fuego. Él cierra la heladera oscura y se sienta sobre la mesada, al lado de la hornalla que acabo de encender. Estamos muy cerca. Los dos miramos el fuego azul por unos segundos y luego empiezo a hacer un relato bastante edulcorado de mi historia, para romper el hielo.

—Viví mucho tiempo en Ramsdale, un pueblo bastante antiguo, en Carolina del Sur.

—¿Ramsdale? No me suena.

—Es una zona baja, de poca gente. Tiene un puerto, callecitas de adoquines, y está lleno de casas *antebellum*, todas pintadas en color pastel. —Voy hasta la alacena, saco dos vasos de plástico y les pongo dos cucharadas de azúcar a cada uno.

—Seguí —me ordena.

—Viví ahí como veinte años. Estudié, trabajé en la cátedra de literatura de una universidad...

—Pero ¿por qué allá?

—En el 76 mis padres tuvieron que irse. Y, bueno, me ha tocado crecer lejos. La historia de mucha gente en este país.

—Era obvio que eras argenta.

De verdad no sé qué más decirle, no quiero revelar todo sobre mí. Aparte, ¿para qué? Más me interesa saber de él. Saco una cucharita del cajón de los cubiertos y pongo un saquito de té en el que, decido, será mi vaso desde ahora. Agrego el agua hirviendo. Luego paso el saquito al otro vaso y repito la operación. Pienso en algo agradable sobre lo que seguir conversando. Algo para pasar el rato.

Cada tanto, Vladimir se mira la planta del pie.

—Cuando aprendí a andar en bicicleta, iba con mis amigos a una zona de nombre Sullivan's Island, un territorio chico, no muy lejos de la casa de mis padres. Todas esas tierras están rodeadas por las aguas del océano Atlántico.

Ahora Vladimir me mira como estudiando qué hay adentro de cada una de mis células. Le extiendo la taza y la recibe entre sus manos. Siento el roce de los dedos. Él no dice nada. Quizá sospecha de mi relato, o intuye que escondo algo. Entonces me mira fijo y bebe sin quitarme los ojos de encima, como exigiendo que le cuente más. Su mirada es intensa. No me intimida, pero me hace pensar algunas cosas.

Por fin rompe el silencio.

—¿Y qué onda ese lugar para vivir?

—¿Qué pasa, tienes pensado salir del país?

—Sin aviones. ¡Claro!

Nos reímos los dos.

—No sé qué contarte. Es bonito Ramsdale. A mí me gusta mucho. Es tranquilo. Algo que me atrajo desde siempre fue el paseo Waterfront Park. Deberías conocerlo algún día. Es un lugar enorme con vista al puerto. Siempre está lleno de embarcaciones y paseantes. Se sube ahí por un terraplén, que en bicicleta es bastante dificultoso de hacer, y después, escaleras abajo, hay una serie de caminos de césped bien parejo que una cuadrilla de jardineros mantiene siempre a ras del piso. A los costados de esos senderos hay formas de animales recortados en ligustrinas. La gente suele quedarse adivinando cuál es cada uno.

—Demasiado prolijo, me cae mal —dice él dejando la taza ya vacía sobre la mesada. Su pie lastimado se balancea como el péndulo de un reloj. Pienso que el corte ya debe de dolerle menos.

—Es verdad que es todo muy ordenado, pero es lindo de todos modos.

—¿Y la gente?

—Las personas son muy respetuosas. En el casco histórico todavía circulan carruajes tirados por caballos. Las señoras van y vienen sin apuro, siempre relajadas, bien vestidas. *Please, thanks, go ahead.* Así hablan.

—Recaretas.

—Algo así, parecen sacados de cuentos. Muy... británicos todos. Me los imagino ahora, con este problema de la luz. Los hombres deben de estar escribiendo amparos y cartas documento con diatribas a las autoridades: *Dear sir governor...*

Vladimir se baja de la mesada y, rengueando, se dirige a la heladera. Se nos pasó el tiempo charlando. Saca un recipiente con empanadas y me ofrece una. Niego con la cabeza sin siquiera acercarme o mirarlas. Fantaseo con que debo ejercitar el control de mi apetito. Él pone dos empanadas sobre una placa de acero y enciende el horno con un chispero.

—Las cosas más de mierda son las únicas que sirven —dice mirando el encendedor y dejándolo sobre el mármol.

Una vez que las empanadas comienzan a calentarse, él vuelve a saltar apoyándose en la pierna sana, como dándose envión para subir a la mesada de mármol.

Se sienta en ella.

Volvemos a quedar muy cerca uno del otro.

Desde ahí me mira, me escruta.

Ante la incertidumbre de ese silencio, sólo atino a seguir contando.

—Y me vine porque extrañaba este país. No había vuelto desde que nos fuimos, en el 76. Acá quedaron todas mis amigas, mis compañeros de colegio, mi mascota.

—Este país no se extraña. No te cree nadie eso.

—Bueno, también tuve otros problemas.

—¿Qué problemas?

—Nada, no importa. No quiero pensar en eso ahora.

—Qué universidad era.

—Hay varias allá, pero dos privadas muy enormes al este y oeste de Ramsdale, como alejándose del camino de la costa. Son las más prestigiosas y caras. Bueno, en verdad hay otras muy buenas, pero de otras especialidades, no de ciencias humanas.

Saco las dos empanadas del horno y lo apago enseguida. Luego las pongo en un plato que le alcanzo a Vladimir y le sigo contando.

—Todas se pelean por tener muchos alumnos. En sus campus construyeron espacios privados con habitaciones y baños para hacerlos más atractivos.

—¿Y la tuya cuál era? —pregunta mientras come.

—Yo fui a Clemson. —Me gusta que se relaje y me hable con la boca llena—. Ahí estudié y me recibí. Estaba enojada con mis padres y quería tomar distancia de ellos al finalizar mi carrera. Podría haber vuelto a dormir cómoda a la casa que ellos tenían, y comer cada día platos caseros que hacía mi mamá. Pero no elegí eso aunque el lugar me quedaba relativamente cerca. Preferí irme de mi casa e internarme a vivir ahí.

—¿En la universidad?

—Sí, allá eso también es bastante común.

—¿Y eso fue hasta ahora?

—Sí, pero no en Clemson, donde estudié. Cuando me recibí me pasé a la contra. Trabajé muchos años en Ramsdale. En ambos campus hay huéspedes todo el año. Es raro. Parecen dos equipos de fútbol americano.

—¿Por?

—Porque siempre están enfrentándose por todo.

—Típico espíritu de competencia *yankee* —dice.

Y eso también me gusta. Me da risa escuchar esa palabra de su boca. *Yankee*. Suena bien. Sé que es un modismo para nombrar a los norteamericanos en estas tierras en las que la mayoría de las personas los detestan. Busqué la etimología del término en más de una oportunidad. Yo no me siento *yankee*, así que la palabra no me toca.

—Me caen mal los *yankees* —insiste.

Hay algo en la voz de niño adulto de Vladimir que me atrae. Por momentos parece ronca, luego es clara y también profunda. Sigo contando cualquier cosa por mantenerlo entretenido, necesito que me mire para que no piense en su pie lastimado o en su padre que no regresa. Mientras escucha mi relato, tiene el impulso de buscar algo en internet, tal vez una palabra de esas que elijo mal en mi intento desesperado por recordar aquellos modismos que he ido olvidando con el paso del tiempo. Lo veo perderse en la pantalla sin brillo de su celular y hacer un gesto de rechazo hacia ella, como si por lo bajo la insultara o ya no pudiera soportar la abstinencia a la que nos vemos sometidos.

—¿Qué pasa?

No me responde.

Con un dedo se da golpecitos sobre la pierna, como si clicara el *trackpad* de su computadora.

Me río por lo bajo para que no lo note.

Voy hasta mi mochila de viaje, revuelvo entre las cosas desordenadas y rescato del fondo un chocolate. Lo abro. El olor amargo me llega a los pulmones. Vladimir me mira.

—Es un desayuno algo extraño —le digo.

Asiente.

Té, empanadas argentinas recalentadas, chocolate del *duty free*... Trago mi ración lentamente.

—Mi viejo está tardando demasiado, ¿no es cierto?

Levanto los hombros para no decepcionarlo con cualquier respuesta.

—¿Qué espera para volver ese chabón? ¿Piensa que no nos vamos a preocupar?

Vuelvo a morder mi chocolate. Lo como muy despacito para que me dure. Vladimir me mira cuando lo hago y saca enseguida sus ojos de los míos. Intento hacer contacto con él, pero me esquiva, como si temiera ser descubierto en algo oscuro. Le doy el final del chocolate que me queda. Está un poco derretido por el calor de mis manos. Lo acerco a su boca, pero él toma distancia y lo agarra entre los dedos.

—Está medio blando —digo.

—Un poco, sí.

—¿Y vos? Hablá algo vos, ahora —lo apuro—. ¿Qué es lo que más echás de menos?

—Nada.

—¡Cómo nada! No te creo que no extrañes a tus compañeros, por ejemplo.

—Internet.

—¿Internet?

—En internet están todas las personas.

—Pero no cerca, así, físicamente.

—Claro. Es otra forma de cercanía.

12

También tuve cerca, casi tan cerca como ahora estoy de Vladimir, a mi alumno preferido de la Universidad de Ramsdale. Nicholas, el causante de tantos males. El primero. El que hace unos pocos días me había mandado aquel último mensaje de texto que nunca respondí. El que hubiera sido mi último contacto con la realidad virtual a la que no hemos podido regresar después de lo que hemos empezado a llamar el Gran Apagón.

Nunca consigo recordar su apellido. Pero eso no importa ahora. Era un apellido difícil, creo que esloveno. Él estaba entregado. Vivía hipnotizado, pegado a mí. Cuando terminé de reprobarlo aquel fatídico semestre, bajé la guardia y me perdí en la piel joven y tersa que envolvía sus bíceps. No había reparado antes en ese detalle y aquella tarde, detenida entre el error y la verdad, me entregué a la mirada más lasciva. Él estaba en el último año de la preparatoria, era unos cuantos años más grande que Vladimir ahora. Para entonces, el mundo se presentaba más amable ante nosotros. Eran las épocas en que la civilización se volvía cada vez más adicta y dependiente de la luz eléctrica. Las personas hacían transacciones virtuales para comprar o vender, para tener sexo, para no estar solas, para elegir ropa, comida, lugares; y todos se movían a su antojo de un país a otro.

Recuerdo aquella tarde en el claustro central de Ramsdale. Recuerdo con exactitud el examen que había confeccionado para medir los contenidos adquiridos por mis alumnos sobre literatura del siglo XX. Nicholas había confundido a García Lorca con Machado. En aquel momento me hizo mal leer semejante atrocidad, así que lo reprobé sin llegar a corregir lo escrito hasta el final. Cuando vino a pedirme la revisión del examen tuve que observar en diagonal qué decían las respuestas que no había llegado a leer antes. Lo hice en silencio, sin decir nada. Como noté que estaba bastante bien el resto del examen, y que me había apresurado al reprobarlo, le dije que lo esperaba a la tarde en la sala de profesores. Creo que también me enterneció un poco ver al chico compungido por un motivo tan nimio. Algo de su actitud infantil me erotizaba. Parecía un nene perdido en el parque en pleno acto de buscar a sus padres. Los ojos alterados, la respiración agitada. No podía sacarle los ojos de encima.

A eso de las seis, Nicholas golpeó la puerta de la sala de profesores, como estaba previsto. Yo tomaba un café con galletas de avena junto a otros docentes, mientras terminaba de armar la clase del siguiente módulo. El chico abrió una de las hojas de la puerta antes de que le dijera que podía ingresar. Enseguida asomó la cabeza. Me sonrió tímido. Un haz de luz se cruzó entre el vidrio y sus ojos. Le hice una seña para que pasase y se sentó a mi lado. Los demás lugares estaban todos ocupados por distintos ayudantes y profesores que no apartaban la mirada de sus libros y papeles.

Nicholas acercó su silla a la mía y yo apoyé su examen sobre la mesa. Le señalé con el dedo el error que había cometido. Él lo observó, asintió enseguida y movió su rodilla, tal vez sin querer, haciéndola chocar apenas contra la mía. En voz muy baja me dijo que sabía quién era cada uno de los escritores.

—Lorca es el de *Bodas de sangre* —agregó, y fue subiendo el tono—, el gay que mataron los franquistas misóginos en la guerra civil española.

Habló de misoginia para recordarme la discusión que se había armado en una de mis clases a cuento de la vida íntima de Lorca. Yo sabía que era un chico aplicado. Lo que desconocía era que todo aquello en lo que estaba ingresando en aquel momento formaba parte de una perversión más mía que suya. Me acerqué a su oído con la excusa de no interrumpir el silencio de la sala y le susurré que debería haberlo escrito en el papel si tanto lo sabía. Además de aclararle el error, quise hacerle sentir mi voz de cerca, o generarle algo similar a lo que unos segundos antes él me había provocado con el roce, probablemente casual, de su rodilla. Intercambiamos algunas frases por lo bajo hasta que sin pensarlo mucho decidí que lo citaría al día siguiente para hacerle un par de nuevas preguntas sobre el tema. Quería continuar una charla a solas con él. Lo negaba un poco, pero también lo sabía. Me estaba endulzando, algo me atrapaba, me empujaba irremediablemente hacia él.

—¡Pero entonces voy a recuperatorio!

—Ése no es mi asunto.

—Pero...

—Le dije que ése no es mi asunto, alumno. Lo espero mañana a las diecinueve horas en punto en el aula que indicarán las actas de exámenes. ¿Puede fijarse en eso usted solo?

Refunfuñó. Le quedaba lindo ese gesto de niño enojado. Supo que debía llamarse a silencio si quería aprobar aquel examen. Busqué el libro de reserva de aulas y salones. Casi no quedaban horas libres. Tampoco había espacio en la sala de profesores, así que agendé un encuentro para el día siguiente. Por la tarde. El último horario. Un poco más hacia la nochecita y en el salón de música del tercer piso. El más alejado de todos los salones.

13

¿Hasta cuándo faltará energía eléctrica en el mundo? Hubo tantas marchas y reclamos masivos en los Estados Unidos que nadie escuchó a tiempo que me resulta extraño que todo esto no responda a una acción premeditada. Sabemos por los rumores que se manejan que el Gran Apagón ocupa todos los países del mundo. ¡Tantas alertas, cortes de luz de pocas horas, o a veces días, anticipando este final que nadie quiso imaginar! ¿Por qué no los escuchamos? ¿Cómo pudimos volvernos dependientes de la electricidad hasta este punto? Pese a que el boca en boca nos trae la versión de un accidente, yo no puedo evitar pensar que se trata de un atentado. Quiero tener menos dudas y paranoia, pero estoy tan segura de esta hipótesis que no puedo dejar de decirlo. Nos hackearon a muerte, nos incomunicaron adrede. Odian al ser humano.

Rostov sigue afuera buscando el contacto que nos ayude. ¡Vaya a saber quién! Durante su ausencia llevo mi bolso de viaje a su cuarto para estar más cómoda.

Fue una idea de Vladimir y me pareció bien. Si íbamos a estar angustiados por la espera, yo al menos tendría un lugar decente para dormir. Me pareció razonable, pero aún no sé si por la noche me animaré a meterme entre las sábanas de Rostov. Además, prefiero que el hombre llegue pronto y sano a la casa.

Durante la tarde de este día interminable trato de entretener al chico con charlas banales y comentarios sobre cosas que podríamos hacer. Después de la conversación que mantuvimos en el desayuno hacemos algo de orden en la casa y él me muestra sus carpetas del colegio.

Al mediodía cocinamos un arroz y lo comemos lentamente. Grano a grano. Guardamos una ración por si Rostov llegara a volver pronto, o por la tarde. Pero el hombre sigue sin aparecer y el chico se va preocupando un poco más a cada hora que pasa.

La caída del sol hace que volvamos a sentir hambre. Alimentamos a los perros primero y luego buscamos la ración reservada para Rostov, que nos sirve como base para nuestra cena. Agregamos una lata de arvejas y sal en la misma fuente para estirar un poco la cantidad.

Comemos solos en el comedor a oscuras. Debimos haberlo hecho más temprano para ver mejor, pero quisimos esperar a nuestro salvador fracasado. Ahora soy yo la que empieza a preocuparse. Vladi no dice nada, pero sé que sigue inquieto.

14

Cae la noche. Se humedece el pasto por el rocío y ya no se ve nada por la ventana. Rostov no ha llegado, así que voy a acostarme en su cama. Huelo sus sábanas rancias y me siento incómoda. El chico pasa al baño. Va y viene por el pasillo. Lo hace más de una vez. Sus pasos agitan el fluir de mi sangre. Siento una especie de taquicardia. Por momentos pienso que quiere venir a acostarse conmigo. Temo por mi psiquis. Creo que estoy empeorando, que no soy una mujer normal.

La cama de Rostov es muy amplia. Tiene los típicos resortes adentro del colchón y está apoyada sobre un somier que, además, me resulta enorme. Caben casi tres personas adultas sin demasiadas pretensiones. Me recuesto desnuda y me tapo. Con el paso de los minutos me voy sintiendo más cómoda. Hacía mucho tiempo que no dormía tan a mis anchas. Extrañaba hacerlo. Al final, esto de que Rostov no haya llegado me beneficia. Si descanso mejor, mañana estaré más fresca.

Las sábanas son pesadas, parecen de hotel y me resultan agradables. Eso me devuelve algo del placer perdido en este tiempo. Calculo que deben de tener más hilos que las sábanas que compraba mi madre en Ramsdale y en las que yo dormía plácidamente para quejarme después y molestarla por pura maldad.

Sigo pensando.

No hago otra cosa que pensar.

Voy al baño y vuelvo a la cama de Rostov.

El cuarto de Vladimir es toda una curiosidad para mí. Al pasar cerca de su puerta trato de mirar hacia adentro. Todo lo que me distrae del drama que estamos viviendo se diluye cuando estoy en los alrededores de ese lugar. Espiarlo es de las pocas cosas que me hacen sentir viva.

Hace unas horas vi cómo se pasaba la maquinita de afeitar por el cuello y el pecho. Fue una imagen que apenas pude capturar con los ojos. Tardé en darme cuenta de qué hacía. Habría detenido su mano, pero no me animé a dejar que notara que lo observaba así. No quiero que mi cuerpo haga todo lo que mi cabeza le pide. Estoy tratando de curarme.

15

Me despierto renovada. Dormir en una cama cómoda era lo mejor que podía pasarme después de tantas idas y vueltas, ansiedad y errancia. Escucho un ruido de repente. Por fin la espera de Rostov termina. La puerta del dormitorio se abre y el hombre entra a su cuarto sin mediar palabra. Se inmiscuye como pateando todo. No se imagina que estoy entre sus sábanas y mantas, apenas despertándome. El sol entra con sus rayos cálidos por la ventana. Rostov está transpirado y más desprolijo y desaliñado de lo que me pareció notar cuando se fue.

—Uy, perdón, perdón, tranquila —dice haciendo ademán de salir por el mismo lugar por el que ingresó.

—No, no, perdón al revés. Perdón usted, o vos —le digo, confusa—. ¿Dónde estabas que no volvías?

Con el ladrido de los perros, y tras escuchar el ruido metálico del portón de la calle, Vladimir se despierta, salta de su cama y corre por el piso de madera hacia el lugar donde estamos.

—¿Por qué tardaste tanto? —Se suma al reclamo.

—Es todo un caos, no pude pasar la avenida, tuve que dormir en el auto. Hoy, cuando intenté pegar la vuelta, se me quedó en la rotonda, justo antes de llegar al barrio —responde Rostov. Intenta obviar los detalles y parecer tranquilo—. Tuve que volver a pie desde ahí.

—¡Qué!

—No sé por qué se ponen así ustedes dos.

—¿Dejaste el auto allá? —insiste el chico.

—¡Se quedó sin nafta, hijo! ¿Qué querías que hiciera? Hay un lío tremendo ahí afuera. Ni pude entrar al banco a reclamar que me devolvieran el dinero de la cuenta, que era lo más urgente. Busqué ayuda para salir del barrio pero no pude, hay vallas y patrulleros atravesados que impiden el paso. Gasté mucha nafta entre idas y vueltas tratando de salir. Cuando ya casi estaba decidido a volverme, ¡zas!, se me apagó el motor en la rotonda. No quise dejarlo, pero... ¿Qué iba a hacer?

—¡¿No trajiste la plata, papá?!

—No, hijo. No. Ayer recorrí todas las sucursales que pude y esta mañana seguía todo igual: cerrado, las persianas bajas y la gente superviolenta. Dicen que al faltar la energía no pueden ingresar al sistema bancario, no se puede saber qué cantidades tenía cada uno, por eso el físico no van a poder administrarlo. Es un caos. Algunas partes del barrio están incendiadas.

—Pero ¿cómo? —intervengo de nuevo.

—¡Eso! Que al darme cuenta de que ya no iba a conseguir una estación de servicio donde cargar, tuve que pegar la vuelta. Intenté llegar con lo poco de nafta que me quedaba en el tanque, pero ahí se apagaron todas las luces del panel y un poco más adelante se frenó. Tuve que empujarlo hasta el cordón para no dejarlo en el medio de la calle.

—Bueno, te diste cuenta a tiempo —ironizo.

—Sí, no. Bah, sí pero no. Más o menos. Porque lo que les decía: terminé pasando la primera noche en el auto, durmiendo sobre el volante y con las llaves escondidas en los calzoncillos por si aparecía un paria.

—¡Qué incómodo!

—Sí, pero al menos dormí un poco. Anoche no hice más que manejar hasta que empezó a aclarar. ¿Y acá cómo estuvo todo?

—Por mí, pudrite —le dice Vladimir, que se va poniendo cada vez más nervioso y no responde a su pregunta—. Te dije que no fueras.

Noto que cada vez que quiere sentirse un adulto, o entrar en nuestras conversaciones, levanta el tono de voz. Busca imponerse.

—¡Ahora ni siquiera vamos a poder cargar los teléfonos! —repite ofuscado, y me mira buscando aprobación—. ¡Ni de linterna van a servir estas mierdas!

Prefiero no responder nada.

Vladimir patea la puerta de la cómoda y sale.

—¡Peor, hijo! —le grita Rostov—. No vamos a poder mostrar nuestro saldo en la cuenta bancaria a nadie para demostrar lo que nos deben, ni reclamar el dinero que teníamos ahorrado en nuestras cajas de seguridad.

—¿Eso tampoco? —le pregunto.

—¡Claro! Las claves están todas digitalizadas. Lo que está pasando es más grave de lo que parece. No quieren admitirlo, pero es el fin. Sin luz eléctrica no sé qué vamos a hacer.

—Claro, todo depende de la energía —agrego.

—Exacto. ¡Todo!

Sin emitir sonido, salgo del dormitorio de Rostov y voy a lavarme la cara. Necesito refrescarme y cepillar mis dientes. Al menos, mientras haya agua y pasta dental en esta casa, quiero estar limpia. Lamento ser así de egoísta, pero es lo que pienso. Además, no se me ocurre un modo mejor de tomar distancia de tantas noticias horribles que volverme sobre mí, deshacerme de Rostov aunque más no sea por unas horas, pensar en cosas básicas y sencillas. ¿Qué necesito yo? Pasta, agua, la sensación de que mi boca está limpia y que el aliento de ayer ha desaparecido. Esa especie de frescura repentina que dura apenas unos minutos. El día parece siempre el mismo si uno no renueva el ecosistema de su boca. ¿Hasta cuándo podremos seguir dándonos estos pequeños lujos?

Después de hacerme unos buches en el lavatorio, abro el grifo de la ducha. El agua comienza a empañar los vidrios del baño. Me paso espuma de jabón por la cara y, cuando estoy por enjuagarme, veo reflejada en el espejo, como borrosa o blureada, una fracción de la imagen de Vladimir. El chico está en el pasillo, tira unos bollos de ropa hacia el interior de su pieza. Mientras lo hace, se asoma a espiarme por la hendija de la puerta, que no ha quedado cerrada del todo. Yo finjo no haberlo notado e inicio un juego que repetiré para él durante un tiempo a partir de esta vez. Me bajo los breteles del camisón y lo dejo caer al piso. No tengo corpiño, así que sólo me queda acomodarme la bombacha y apretar mis tetas con las dos manos para después soltarlas. Es lindo el movimiento, voluptuoso, me gusta repetirlo y verlas caer. Parecen más pesadas de lo que son. Todavía no lo sé, pero éste será un modo silencioso de vincularnos cada día. Vladimir firme, extático a unos metros de mí. Yo jugando con alguna parte de mi cuerpo, tocándome, mirándome. Paso la mano por el espejo y dibujo una franja a la altura de mis tetas para que puedan verse mejor. Debería entrar a la ducha, pero sigo demorándome. Antes de pasar a la tina me siento en el inodoro, bien de frente a la puerta. El silbido de la pava hirviendo comienza a escucharse desde el baño y va en aumento. Abro un poco las piernas, pero no me sale el pis. Estoy apenas tensa mientras permanezco exhibiéndome. Siento un atisbo de pudor, pero tampoco puedo detenerme. Pienso que esto debería haber pasado ayer, cuando estábamos solos en la casa; sin embargo, algo hizo que sucediera ahora que todo es más complicado. Siempre lo mismo. Siempre el riesgo aumentando mi sensación de placer. Tal vez el tedio de tener de nuevo al viejo entre nosotros es lo que genera que nuestras miradas se encuentren y que los cuerpos se atraigan todavía más. No lo sé.

Ahora la pava bulle y sacude la tapa. El sonido es casi ensordecedor.

Rostov grita algo desde su cuarto. Creo que pide que apaguemos el fuego.

—¡Hierve el agua! —lanza, o algo así—. ¿Nadie escucha en esta casa?

Casi no oigo a Rostov con la lluvia de la ducha encendida pero medio adivino sus reproches, construyo las frases a partir de las palabras que sí alcanzo a decodificar. Vladi es el que hierve, pienso. Vladimir y yo también. Hervimos. No nos apaguen.

Por los pasos entiendo que él sale hacia el parque diciéndole al padre que ya está, que ya apagó el fuego, que deje de gritar. Entonces sí empujo la puerta del baño con la mano para por fin cerrarla y entro a la ducha para dejar que el agua me apague. Me enjabono y enjuago muchas veces los pezones y las tetas hasta sentir que mi cuerpo está vivo. Todo parece extinguirse, pero mi cuerpo vive y quiere seguir viviendo.

Miro el ventiluz del baño y adivino que el chico debe de estar al otro lado. Me asomo y lo confirmo. Ahí está, masturbándose al aire libre ante la mirada civilizada de los perros que permanecen aquietados y mansos frente a él. Quiero escuchar algún sonido contra la puerta metálica y acerco el oído al ventiluz. Cierro los ojos y concentro mi imaginación en el pecho lampiño del chico, en su pelo despeinado, en alguna imagen lejana de mi alumno Nicholas. Mis dedos se apuran. Atolondrados, me irritan de tanta fricción. Late la piel, se pone tibia, cae el jugo desde adentro de mí y se lo lleva el agua por la cañería.

¿Hasta cuándo habrá en el país reservas de gas? Me surge esa pregunta tras la satisfacción del orgasmo autoinfligido.

Cierro la canilla y me seco el pelo con la toalla. Vuelvo a vestirme y salgo del baño. Estoy decidida a dejar la casa por unas horas. Voy a extrañar los jugueteos con el chico, pero necesito tomar decisiones drásticas. Soy la que ahora debe probar suerte allá afuera. Rostov no es alguien fiable para sacar esta casa adelante. Sé que no tengo que dudar para poder irme. En cuanto sienta temor, mejor dicho, en cuanto se me note que siento temor, o si me tiembla la voz o apenas la pera, Rostov va a lograr convencerme de que no lo haga.

Atravieso el pasillo, el comedor y la cocina. Una vez afuera cruzo la galería hasta el parque. Rostov está apuntalando un árbol con un palo de escoba viejo.

—Voy a salir —le digo—. Necesito algunas cosas de la farmacia.

Desde la calle entra el sonido de sirenas de ambulancias y carros de bomberos. Contengo el miedo en un manto de empoderamiento que me construyo para poder dar el paso que imaginé.

—Ya te expliqué, Guinea querida. No seas cabeza dura. No hay nada abierto afuera, y la situación está más complicada de lo que creés.

—Son cosas personales —digo, ya sin cuidar mi vocabulario y mi tono extranjero.

—No te va a servir tomar ese riesgo.

—Voy a salir igual.

—Te entiendo, pero...

—No, no me digas que entendés, abrime el portón o ayudame a abrirlo.

—¡Basta, papá, dejala! —dice Vladimir volviendo desde el fondo.

—Ni con dólares va a poder comprar algo.

—*Okey, okey* —digo, y avanzo en dirección a la entrada de autos.

—Escuchame, Guinea querida, sé sensata. Las personas que se van quedando sin nafta mientras conducen arman larguísimas colas con sus motos y vehículos allá afuera. Los que todavía circulan suben a las veredas para saltearse a los que esperan y llegar antes.

—No me diga así, señor. No soy su querida —le impongo, tratándolo de usted para que note mi molestia.

—Escuchame, en serio, Guinea. Los conductores corren con bidones en la mano, los parias roban lo que encuentran a su paso. De verdad es muy peligroso salir.

—¿Parias? —le pregunto.

—Sí, sí. Parias, hordas. No sé cómo decirles. Son locos que andan sueltos invadiendo las casas, golpeando gente, tratando de sacarles a otros la comida o sus pertenencias.

Mientras Rostov sigue hablando para llenarme de miedo, porque sé que eso es lo que está intentando, cada vez que se acerca a mi cara un poco más, yo me pongo la campera, me la cierro y hago ademán de subirme al portón para saltarlo. La mole de hierro tiene unos dientes muy amarillos y afilados.

Abatido, Rostov deja de hablar y me extiende la pequeña llave que tenía en el bolsillo.

—Voy a estar bien —le digo—. Gracias por comprenderme.

—¿Y si esperás a que termine el toque de queda? —vuelve a insistir cuando ya estoy girando la llave en la cerradura.

—No, está bien así.

—El Gobierno va a organizar el aprovisionamiento, y entonces...

—Eso no va a pasar, Rostov. ¡Siento muchísimo desilusionarte, pero eso no va a pasar!

—Como digas, Guinea. Pero lo están avisando por los megáfonos en las calles.

—Ya lo escuché.

—¿Y entonces? ¿No viste que piden que nos quedemos a resguardo y que esperemos las indicaciones del protocolo?

—Gracias —respondo, cortante—. No hace falta.

16

Definitivamente, Rostov parece haber perdido registro de la mínima distancia física entre las personas. Mientras me alejo de la casa, lo escucho discutir con el chico y me dan ganas de salir corriendo, de ya nunca más volver a este refugio. A mi llegada a la Argentina, cuando subí a su auto, no había percibido el carácter insidioso de este hombre. Hasta llegué a pensar que podría terminar gustándome, curándome de mi mal. Hubiera sido una pareja compatible, adulta. Por fin un hombre un poco mayor y mejor plantado en la vida. Alguien que pudiera darme algo. Creo que la desesperación por hallar dónde pasar la noche no contribuyó a que lo observara más, a que interpretara a partir de los detalles que se me revelaban. El apuro nunca ayuda. Ahora, todo en él me parece insufrible. El olor de su aliento mientras me describe sus penurias. ¡Por Dios! No lo aguanto. Debería encontrar pronto un lugar donde vivir hasta que algo de la normalidad vuelva a mi vida. Además, este tipo cree que tengo que estarle agradecida por todo lo que hace. Es insoportable vivir de prestado.

Camino por la vereda llena de escombros y basura. Antes de llegar a la esquina, Rostov empieza a gritarme por encima del portón que regrese pronto, que no espere a que baje la luz del día.

—¡No dejes que se haga muy de noche, Guinea!

Ni siquiera giro la cabeza cuando dice mi nombre. Me apuro hasta cruzar.

Tengo el estómago vacío y sólo una banana en la mochila, que robé de pasada. Era la última que quedaba en la frutera. Que se jodan. No sé qué piensa comer este tipo el mes que viene. Me desespera su ineptitud y lo negligente que puede ser con el hijo. Ni siquiera calcula la cantidad de comida que un adolescente consume cada día. Vladimir está creciendo. No es un adulto, pero come como cualquiera de ellos. En una cuenta rápida, lo que revisé en la casa, más lo que trajimos en el baúl del automóvil el día de mi arribo, alcanzará para una semana más, a lo sumo dos. Y eso, sólo si estiramos lo que hay con caldos e infusiones.

Mientras me hundo en cálculos mentales que no cierran, mi mirada se pierde entre el desastre que dejó la explosión y la cantidad de personas que huyen desesperadas o simplemente se entregaron al devenir. Madres con niños pequeños sentadas en el cordón de la vereda. Viejos parados en la puerta de su casa como esperando que alguien llegue, o regando las plantas como si nada pasara.

Un hombre se me tira encima para pedirme algo de comer.

—No tengo nada para darle, señor. Lo siento —le contesto, e inmediatamente apuro mi caminata.

Cuando vuelva voy a inventariar y racionar todo lo que hay en la casa. Tengo que inspeccionar el galpón y traer algunos productos de almacén y medicinas para el sector de la cocina, por las dudas. Bah, eso o lo que encuentre. Más lo que pueda conseguir ahora. El riesgo de estar en la calle con este escenario no puede quedar en un paseo exploratorio. Necesito volver con alimentos. Puedo canjear mi buzo por latas o paquetes de fideos. Me tengo fe consiguiendo provisiones.

17

La primera vez que pensé en mi alumno de Ramsdale tratando de recordar su nombre y su cara fue la noche previa al examen, después de cenar con el resto del equipo docente. En mi cabeza, Nicholas estaba en la cama del cuarto que me había tocado en la universidad. Pude verlo como un hombre. Un adulto escondido en el cuerpo de un chico. Nicholas desnudo. Alguien a quien puedo acariciar. Los bíceps de Nicholas envueltos en las mangas elastizadas de su camiseta blanca. Si bien me gustaba su aspecto adolescente, aquella noche insistí en imaginar su cuerpo entero, el contorno de sus piernas, sus glúteos, sus pectorales. Pensar no es hacer, me decía. Esa idea me acompañaba desde siempre. Pensar no es hacer. Quizá por eso permití que mi imaginación volara tan lejos. Que llegara al límite del escándalo.

Recorrí mentalmente el pabellón de alumnos e imaginé a Nicholas caminando por los pasillos, nervioso, repitiendo las frases que al día siguiente iba a tener que escribir en el examen para recibir la nota que esperaba. En mi representación mental de lo que estaría haciendo, había pequeñas gotas de sudor sobre sus sienes y bajando por entre sus ojos, a la altura de la nariz. Quise masturbarme con esa imagen. Masturbarse no es hacer. ¿O sí? Lo intenté, me sentí perturbada enseguida, me llené de culpa. ¿Estaba volviéndome loca? Todo aquello que Nicholas provocaba en mí se tornaba demasiado oscuro. ¿O era tan normal como las lluvias en primavera? ¿No le pasaba a cualquier mujer de mi edad todo lo que me estaba pasando?

Recuerdo con claridad aquel pensamiento mientras sigo alejándome y alejándome de la casa de Rostov, con la imagen de su hijo en el espejo del baño todavía fresca. Después de cruzar la avenida de doble mano, vuelvo a aquella primera noche de turbación. Vuelvo a estar en la búsqueda de un borde menos incómodo sobre el que recostarme. Yo girando en la cama. Yo mirando el techo. Yo sin poder dormirme ni encender la luz.

Camino cada vez más rápido y no puedo salir de ese recuerdo. El mundo era otro entonces. No habíamos entrado en el encierro de esta noche analógica y oscura. Podíamos encender una lámpara en medio de la madrugada lluviosa y salir a caminar, o escribir en una computadora, tomar agua fría de la heladera, leer novelas en dispositivos digitales, comunicarnos por chat o como quisiéramos. Hoy la desesperación no encuentra formas que la atenúen. No al menos tan rápido. No al menos cuando no sabemos si tendremos comida para pasar las próximas semanas.

18

Avanzo por las calles arboladas a paso firme. No sé dónde estoy ni sé todavía el nombre de esta zona. Hace rato que la casa y sus ladridos desaforados quedaron atrás. Cuando me asalta el miedo, empiezo a trotar para ir más rápido. También para conservar mi forma física. Algo me dice que es necesario poder estar lista para una corrida urgente. Más que trote, en verdad, se trata de una caminata apresurada, sostenida. En las calles hay mucha más gente de la que creía. Algunos piden limosna; otros corren, se mueven a los gritos o caminan en círculos, desesperados.

Luego de varias cuadras me encuentro frente a un cartel ardiendo. Adivino las letras que faltan junto al dibujo de un castillo. Las llamas ya casi han consumido todo. Después de unos segundos de observar entiendo lo que dice: PARQUE CASTELL. Tengo que recordar este nombre, por las dudas. Y tengo que ser práctica, pensar deprisa. Tal vez debí haberme quedado en la casa como me decía Rostov. No puedo dudar ahora. Esta salida tiene que servirme para ubicar bien dónde estoy. ¡Si al menos hubiera venido Vladimir para orientarme! La próxima vez voy a tratar de salir con él, que conoce mejor la zona.

Todo lo que veo mientras camino se resume en una sola información para mi cerebro: «Vas a tener que volver y cuidar el lugar que conseguiste». A cada cuadra el escenario empeora. Nadie que no me conozca va a recibirme en su casa en medio de este desastre. No puedo engañarme. El nivel de violencia en las calles seguirá creciendo con los días.

Ahora sí apuro el paso hasta casi correr. Llego a lo que parece ser la avenida principal. Por primera vez en todo este tiempo me digo que tal vez nunca pueda regresar a Ramsdale. Quizá pasar el resto de mi vida lejos de aquel lugar sea lo mejor, sobre todo si pienso en la universidad.

Busco con los ojos elementos que sobresalgan en el paisaje para ubicarme al regreso, o por si tuviera que huir de urgencia más adelante, en algún momento. A la derecha: la plazoleta. A la izquierda: el bulevar de palmeras y un liquidámbar estallado de hojas en tonos rojizos y marrones. Más allá, gente. Un enorme tumulto de gente. Corro hasta ese lugar y me detengo en las inmediaciones. Veo lo que parece ser un robo en masa. Avanzo más. Es un *mall* ya sin puertas ni ventanas. Las mujeres que salen cargan mercadería en carritos, bolsas y cajas. Se llevan cualquier cosa que encuentran. Algunos hombres portan objetos de más peso sobre sus hombros: muebles, colchones, una pantalla plana, packs de comida enlatada... Si al menos hubiera venido Vladi para ayudarme...

Salto entre los que se agolpan en el ingreso al *mall* y corro entre las góndolas ya vacías. Me detengo donde todavía quedan unas latas y algunas cajas de comestibles. Ni miro lo que voy juntando. Ahora eso ya no importa.

Meto todo en un carrito que encuentro abandonado y corro hacia una ventana por la que veo salir, también, a algunos niños. Los agentes de la policía que están custodiando afuera finalmente se suman al saqueo.

Mi carrito no pasa por la ventana, así que pongo todo lo que puedo en mi mochila y apilo las cajas una sobre otra para llevarlas todas juntas entre mis brazos. Me alejo corriendo por un pasillo lateral. Una mujer se interpone en mi camino y chocamos de frente. Las cajas vuelan por el aire y se desparraman por el piso. Creo que son packs de leche larga vida y de arroz blanco. Junto todo lo que puedo a gran velocidad, sin detenerme a mirar si quedó algo tirado. La mujer levanta del piso lo que tiene cerca y yo la dejo, agarro algunas de sus cosas a cambio de las mías.

Vuelvo a correr. Salgo. No sé hacia dónde voy, pero corro. Me alejo del disturbio.

19

Tengo que ubicar la casa de Rostov y contarle todo esto a Vladimir. No duré mucho afuera, pero ya tengo algunas cosas para poder ser bien recibida con alguna gana, algún elogio. La mochila me pesa. Está demasiado cargada. Las cosas saltan adentro y hacen ruido. Temo que se rompan las correas, pero sólo me permito correr. Tengo que correr.

Un par de cuadras más adelante me siento realmente desorientada. Abatida, me detengo. Vuelvo a intentar ubicarme en el barrio. Busco las palmeras, el bulevar. Por fin veo el liquidámbar de hojas enrojecidas y confirmo que es por ese lado. Los árboles me guían, eso me gusta. Cuando creo que me faltan diez cuadras por esa calle, descubro que en realidad estoy a unos metros de la casa de Rostov. Era más cerca de lo que creía. Busco el timbre con desesperación. ¡Pero si no hay luz! ¡¿Qué estoy haciendo?! Me doy cuenta de que sólo pateando la puerta voy a lograr que vengan a abrirme. Doy unos puñetazos con todas mis fuerzas en el metal. Noto que ser tan obvia es peligroso. No debería levantar sospechas entre los que deambulan afuera. Del otro lado del portón aparece Vladimir y me hace pasar. Es mi salvación, pienso. Pero en esa mínima fracción de segundo en que me descuido ya hay un hombre intentando meterse detrás de mí. Interpone su pierna delante de la mía y con el cuerpo sobre el mío y las manos contra el marco del portón hace palanca. Es un asco, está sudado y sucio.

—¡Cerrá! —le grito a Vladimir, que enseguida acierta y empuja el portón.

Por el resquicio de apenas unos centímetros que quedó abierto mi cuerpo va colándose. El paria tira de mi brazo cuando ve que ya lo hemos dejado afuera.

—¡Me va a desmembrar! ¡Por Dios, basta! —le grito.

El paria me suelta y se aferra a los barrotes. Ya del lado de adentro cerramos con llave y empezamos a meter piedras y los bancos del jardín para evitar algún embate. Logramos impedir su paso sin premeditar un plan o decirnos algo.

—Tuvimos suerte de que no estuviera armado —dice Vladi.

—Los perros lo ahuyentaron un poco —respondo—. Creo que me soltó el brazo cuando vio los dientes de Falucho.

—¡Fue eso! Se cagó encima —dice Vladi abrazando a su perro.

Una vez en el jardín, al otro lado de las rejas, dejo caer las cajas y la mochila al suelo. Por último me desmorono. Se me doblan las rodillas y termino sentada en el piso. Me quedo mirando al chico, que felicita a su perro. Borges se suma a los arrumacos. El chico los aleja un poco, se acerca a mí y se pone en cuclillas para mirarme a los ojos. No dice nada. Algo sube por mi estómago hasta la boca y abro grandes los ojos para reprimir las lágrimas. Vladimir pasa su mano por mi cabeza.

—¡Estás toda mojada! —me dice.

No trato de disimular mi pánico.

—Estamos muertos, Vladimir. Todos vamos a morir.

20

El día del recuperatorio de Nicholas me había levantado antes que el resto de los profesores de Ramsdale. A las ocho de la mañana ya me había duchado y cepillado los dientes en el lavabo de mi cuarto, frente al pequeño espejo redondo que colgaba en la pared, un poco por encima de la altura en que me hubiera quedado cómodo. En ese encuentro con mi propia imagen, me dije que no iba a ser concesiva con él. Que tenía que aprender a separar las cosas. Luego elegí el vestido que mejor me quedaba y escribí en la hoja del examen unas preguntas bastante específicas y otras de relaciones intertextuales. Necesitaba tener todo previsto. No quería que la situación se me fuera de las manos. En Ramsdale, los profesores y las autoridades comentaban por lo bajo que yo era demasiado flexible. Era un secreto a voces. Yo sabía que podrían juzgarme por eso, que muchos en el claustro lo promovían. Hasta había escuchado decir que si me encariñaba con un alumno solía beneficiarlo con la nota. Peleaba un poco contra ese rumiar constante de las profesoras asexuadas o histéricas. Algunas veces exageraba en la organización de las clases y tareas. No quería dejar nada librado al azar para evitar conflictos.

—Bulgákov, Nicholas —lo llamé desde la puerta del salón de música cuando fue la hora pactada.

Él estaba sentado enfrente desde hacía un rato. Lo había visto por el vidrio repartido de la puerta de acceso, pero dejé que esperara afuera una buena cantidad de minutos, como lo hubiera hecho con cualquier otro alumno. Además, me gustaba verlo un poco nervioso, tan inseguro y vulnerable.

El pasillo estaba vacío. Ya no quedaban alumnos en el segundo llamado a exámenes de fin de año y los docentes nos repartíamos por las distintas aulas de los edificios del campus, lo que nos aseguraba a todos un momento sin bullicio ni interrupciones para examinar a los más rezagados.

Nicholas ingresó al salón de música y se sentó en el pupitre frente a mí. El sol se ponía a esa hora detrás de los árboles y ese espectáculo podía verse desde el ventanal aquel. Quise no ser tan observadora, ni tan dramática, pero en el fondo sabía que estábamos en aquel lugar porque yo lo había escogido y porque era yo, también, quien tantas tardes había admirado esa puesta de sol.

El chico apoyó la libreta de notas en el banco y yo la arrastré por la superficie de madera hacia mí. La observé con parsimonia.

—Éste es el examen escrito —le dije después, extendiéndole las hojas por protocolo—, pero prefiero escucharte hablar. Así que vamos a hacerlo oral. ¿Te parece?

Nicholas miró las preguntas sin decir nada todavía. Yo dibujé en su libreta un diez con un cero perfectamente redondo antes de que él dijera la primera frase.

—¿Le parece que empiece por...?

—Por donde quieras —lo interrumpí en su duda.

Entonces él habló. Parecía seguro, aunque cada tanto titubeaba.

Yo me perdí en sus ojos y en el movimiento de sus labios mientras él desplegaba el tema. No me importa recordar ahora esos ojos, ni su color extraño, sino el modo en que esa mirada llegaba más lejos que otras. Nicholas abría y cerraba los labios de una manera muy particular. Tenía una vellosidad gris apenas notoria sobre el labio superior y un lunar encima del párpado. Sabía qué debía preguntarle para hacerlo caer, pero no lo hice. En su lugar, ya perdida en aquello que había estado intentando reprimir, le sugerí que ampliara un apartado del tema muy sencillo, muy tonto. Nicholas respondió bien a mi pedido y, ante la ausencia de una nueva pregunta, se explayó sin timidez saltando de una unidad a otra dentro del programa. No dudó en exponer todo cuanto sabía. Había estudiado y quería mostrarse, demostrármelo. Eso me importaba. El modo en que lo hacía daba cuenta de algo que había pasado a ser una pelea, una forma reñida de medirnos él y yo. Me puse tensa, crucé las piernas y volví a mirar el centro de su cara armónica. Me encantaba que supiera más de lo que yo había supuesto. Era hermoso cuando se expresaba correctamente y hablaba de los poetas emblemáticos, o ponía de ejemplo versos que sabía de memoria. Creo que fue entonces que sentí que un líquido se desprendía desde muy arriba de las paredes de mi vagina. No había siquiera rozado sus dedos cuando dejó la libreta sobre el banco y mi cuerpo se llenó de calor y humedad. Una especie de electricidad imaginaria. Eso era todo lo que se necesitaba para dar un paso más. La electricidad. Sentirla en mi cuerpo. Moví la libreta de notas para que no tuviera dudas de que ya había puesto un diez en la celda correspondiente a mi asignatura, pero él siguió hablando. No iba a dejar de hacerlo mientras no le diera esa orden. Me sentí horrible, pero lo interrumpí en seco para que me obedeciera. Por fin hizo una pausa y me miró a los ojos.

—¿Ya está o sigo? Porque puedo seguir, ¿eh?

Firmé la libreta y le saqué las hojas del examen bruscamente.

—Me gustaría seguir escuchándote, pero podés irte.

—Quiero seguir —dijo.

—Tomá —le entregué la libreta, que no solté cuando intentó agarrarla.

—Dígame dónde y sigo hablándole.

—Más tarde, acá.

—¿Acá?

—Sí, cuando no haya luz.

Se acercó y me dio un beso. Me metió la lengua húmeda en la boca. No tenía miedo. No sentía pudor. Se alejó muy seguro para reírse de mí, repitiendo unos versos que había dicho antes, durante el oral.

—Y cuando te vi de lejos / me eché en los ojos arena / pero montaba a caballo / y el caballo iba a tu puerta.

Me quedé en silencio y lo dejé irse mientras la electricidad todavía circulaba de un lado al otro de mi cuerpo. Me alegró verlo salir corriendo con el diez en la libreta y el futuro cercano en los ojos. Mis primeras canas parecieron esconderse detrás de los mechones de pelo oscuro. Salí del aula para verlo irse. Nicholas recorrió el pasillo hasta el final y desapareció en el atardecer anaranjado. Yo supe que todo lo que siguiera iba a terminar mal. Hice cálculos e intenté pensamientos regresivos. Volver a lo de mis padres en Ramsdale y pedir mi cena favorita para que mi madre la cocinase y entonces no tener escapatoria. Encerrarme en mi cuarto con llave y llorar por lo imposible todo el tiempo que me dieran ganas. Huir a cualquier otra universidad y pedir horas de cátedra para el año siguiente. Perderme en la noche a esperar sin dormir la llegada del amanecer. Rezar. Ir hasta una iglesia y pedirle a un confesor que escuchase mis pensamientos impuros. Pedir perdón. Arrepentirme de mis pensamientos. No hacer ninguna de las opciones anteriores y avanzar.

No existe un lugar al que retroceder, pensé.

Ninguna de las demás opciones reemplaza la que mi cuerpo desea. La electricidad no puede desaparecer. La electricidad que sentí en mis venas ya vive en mí, y sólo hay un modo de extirparla.

21

Unas semanas después de mi salida al *mall* en Parque Castell, las cosas parecen estar un poco mejor entre nosotros tres. Limpiamos la casa juntos y se armó sin premeditación una especie de rutina diaria de tareas que cada uno cumple sin cuestionar. Los aviones y helicópteros no parecen tener problemas de abastecimiento de combustible. Una vez por día, alguno pasa por la zona, justo encima de nosotros. Es extraño, pero es así. En alguna parte del mundo hay combustible para que los que nos gobiernan nos sobrevuelen y pasen por encima de la miseria en la que se ha convertido el mundo. Nos preguntamos dónde lo consiguen.

Cargo una olla con agua, agrego una cucharada de azúcar, una de sal, el último caldito de gallina que nos queda y una papa cortada en cubitos bien pequeños. No la pelo. Quitar la cáscara genera un desperdicio que hoy no podemos permitirnos. Antes de eso lavé muy bien el tubérculo, como mostraba aquella película de judíos; más de treinta personas que deambulaban por la campiña antes de terminar en Auschwitz. Cuando todo está en el agua, mezclo con una cuchara de madera y espero que rompa el hervor. También agrego una piedra a la olla. Mi abuela decía que con ese truco se podía intensificar el sabor de cualquier plato.

Rostov va y viene por la casa cantando una canción en italiano.

—*Te voglio bene assai, ma tanto tanto bene sai...*

No sé por qué está de tan buen humor. Me exacerba su positividad. Dice que hoy vamos a tomar un vino que trajo hace muchos años de un viaje a Sicilia. No le respondo y busco a ver si aparece algún otro condimento en el mueble bajo mesada. Sólo queda cúrcuma y romero: será eso lo que use para sazonar.

Desde que estamos parapetados en Parque Castell, varias veces intentaron entrarnos a robar. No sé hasta cuándo podremos evitarlo. Las embestidas son cada vez más fuertes. Son personas que ya abandonaron sus hogares y buscan comida o cosas para cambiar por comida. Por ahora, el protocolo que establecimos para protegernos está funcionando bastante bien. Primero, los ahuyentamos con palos. Si no se van, les largamos a los perros. Borges y Falucho están tan hambrientos que obedecen enseguida. Creo que ven a los parias como si fueran bolsas enormes de alimento balanceado. Recién cuando todo esto no funciona, pasamos a la fase más agresiva del protocolo de defensa: arrojar cosas desde adentro. Ayer a la noche, por ejemplo, les tiramos una serie de lajas que levantamos del borde de la pileta.

Es triste, pero empezamos a desmantelar la casa para protegernos. Casi no quedan objetos contundentes para que los usemos como proyectiles. Por suerte, dimos en el blanco. Bueno, Vladi dio en el blanco. Volteó de un solo tiro al más corpulento de la horda, que empezó a sangrar por la frente apenas tocó el piso. El resto, sin su líder, se sintió en peligro y se disgregó enseguida. Dejaron el cuerpo del grandote lastimado en nuestra parte de la calle. Al ver la escena, Rostov se quedó mudo por unos instantes y a continuación volvió a esgrimir sus teorías sobre la velocidad de descomposición de los cadáveres. Hasta que el hombre movió un pie y todos respiramos aliviados. Estaba roto pero vivo. Lo espiamos todo el tiempo por la hendija de la puerta, entre los muebles que veníamos poniendo contra las rejas. Al rato, cuando pudo, el tipo se puso de pie y salió caminando en busca de su horda.

Vladimir retoma la tarea de apilar cualquier objeto que pueda servirnos de defensa para futuros ataques. Parece más grande de lo que es cuando levanta cosas pesadas. Se hace el rudo. Me gusta esa faceta suya.

De a poco la casa va convirtiéndose en una ruina. Es lamentable. Me da pena estar desarmándola de este modo, por momentos siento como si estuviéramos desgajándola. Pero no nos queda otra si queremos estar a salvo. Más miedo que pena me dan los parias. Cada día está todo un poco más peligroso.

De pronto, Rostov se acuerda del episodio de anoche y se pone a buscar algo. Ya no canta en italiano. La preocupación lo invade. Va y viene por la casa hurgando en los lugares más recónditos. Por fin se aparece con algo entre manos. Un fusil de su padre. Rostov cuenta que el viejo luchó en la Segunda Guerra Mundial y se lo había regalado unos meses antes de morir.

—Lo de anoche no va a volver a pasarnos —dice muy seguro.

Rostov lustra el fusil con una franela de color naranja. Para eso, utiliza el último resto de brillametales que queda en la casa. Vladimir no se interesa mucho en el tema cuando el padre lo llama y desaparece por donde vino, de nuevo hacia el parque. Después de varias pruebas y de su aburridísimo relato, Rostov logra cargar el fusil. Me va explicando según lo hace, paso a paso, como si yo no lo viera. Pero está más adivinando que dándome información. Tampoco yo tengo ni idea de manipular un arma así, pero de tanto ver series en las épocas en que tuvimos una vida iluminada, asimilé una vaga idea de cómo abrir el cargador y poner las balas. No me pueden engañar tan fácilmente. Cuando por fin el fusil está listo para ser disparado, Rostov me zampa un beso en la mejilla. Lo detesto con ganas. Le sonrío después de cada estupidez que inventa, pero lo detesto con ganas. ¿Por qué me producirá tanto rechazo? ¿Será una forma de la atracción sexual que reprimo? Lo miro al centro de la cara mientras lo pienso. No sé cuánto tiempo hace que no tengo relaciones sexuales, ni cuánto más podré aguantar con la mera autosatisfacción. No soy como otras mujeres. Mi cuerpo necesita del sexo a diario y con urgencia. Mi vida puede volverse muy horrible sin eso. En esta circunstancia de encierro y ahogo no sé cómo voy a superarlo. Nunca renuncié al goce y pedí la penetración siempre un segundo antes de acabar. Nada sana mi mente tanto como eyacular desde la pelvis y sus espasmos hasta la exhalación del placer por la boca. Si Nicholas no hubiera dejado su teléfono con mis fotos al alcance de la mano de sus compañeros, quizá no habríamos padecido semejante escándalo.

Le sigo el juego a Rostov durante unos minutos. Más por perdida que por placer. Habla solo, parece loco. Necesito que se mantenga en ese estado de ilusión e irrealidad en el que está ahora, contento, esperanzado. Al menos así no se pone emocional, que es su peor faceta.

Silbando su cancioncita, Rostov devuelve el fusil cargado a su lugar, detrás de la puerta de la cocina, un rincón contiguo a la entrada de la casa. Me avisa que ahí quedará por las dudas. Vladimir sigue afuera, alistando pedazos de cosas desmanteladas. Que no deje nunca esa actividad lo vuelve un poco más ingenuo de lo que parecía hace unas horas. Pero anoche el pibe bajó de un golpe a un paria de carne y hueso, pienso. La realidad manda y ese hecho me excita.

—PPSh-41 —dice Rostov—. Recordá ese nombre. PPSh-41. No todos los días uno tiene la chance de ver un arma así.

Antes de dejar el fusil, lo contempla obnubilado por última vez y me comenta que es automático y uno de los más fiables del mundo.

—Más livianos que los alemanes, y fabricado íntegramente por la industria soviética —dice.

—...

Lo miro esperando que termine con su relato para salir del medio y que no se ofenda. Él no saca sus ojos de mi cara y sigue espetando frases entusiasmadísimo.

—Mi padre siempre lo dijo. El PPSh-41 resiste todo. Desde los inviernos rusos, donde se te congela el alma en la nieve, hasta las embarrizadas que se arman en el campo de batalla con las lluvias del verano. Un fusil así jamás te deja a pie.

—...

—¿Te conté que mi padre cayó en manos enemigas y estuvo preso cuatro meses?

Me lo había contado todo la noche anterior. Y dos noches atrás también. Decía que incluso los alemanes preferían este fusil para luchar, que le entraban hasta setenta y una balas.

Por fin, o quizá a fuerza de mi silencio, su monólogo concluye. Peripecias de por medio, se pone a amasar pan. Así, sin pausa. Sin solución de continuidad. No busca otro lugar. No se va al comedor o al fondo. Lo hace exactamente a mi lado, donde estoy cocinando una sopa para los tres. No sé por qué pierde tiempo y harina en hacer pan. Ya se lo expliqué, pero me evade. Un paquete de harina puede ser la cena de mañana o de cualquiera de estos días. O fideos, o sándwiches de tomate y lo que encontremos. Le pido que vaya al fondo y arranque dos o tres limones de la planta para hacer limonada, y que de paso riegue la parte de tierra en la que venimos plantando hortalizas. Pero no. Insiste con el pan. Abre el paquete de harina, la desparrama sobre el mármol y se pone a amasar como si fuera un domingo de verano y nos dispusiéramos a celebrar la vida hermosa que construimos juntos.

Revuelvo la sopa con paciencia y lentitud.

—Hoy no vamos a escatimar en nada —me dice—. ¡Ya van a ver ustedes dos! Hoy vamos a disfrutar de un almuerzo especial. Nuestras vidas están a salvo y eso hay que festejarlo.

El agua de la olla hierve y las papas empiezan a flotar.

Se oye un grito festivo en el fondo del parque. Es Vladimir, que ya dejó de apilar potenciales proyectiles y se puso a reparar el grupo electrógeno. Anoche, cuando queríamos jugar a las cartas, lo buscó con desesperación hasta encontrarlo entre los trastos viejos del galponcito. Estaba sepultado debajo de una espesa capa de tierra y telarañas, así que no pudimos encenderlo pese a los varios intentos. Molesto, Vladi lanzó una serie de insultos y dejó la tarea para hoy.

Ahora, sonriente y satisfecho, está gritando que sólo hizo falta desarmarlo, pasarle un pincel a cada parte para sacarle la tierra acumulada y volver a encenderlo. Vamos hacia él. Sus gritos y su euforia nos atraen. Está excitado.

—¡Mirá, viejo! Tenemos suerte. Había algo de nafta en este tanquecito del costado.

La noticia me pone contenta. Podremos usarlo un rato durante algunas noches. Sobre todo a la hora de la caída del sol.

—Hay que cuidar ese poco combustible que queda en el bidón —dice Rostov interrumpiendo el momento de felicidad.

El rugido del grupo electrógeno se confunde con el sonido de un avión. Todos miramos al cielo.

—¿Otro? —dice Vladi.

—Raro, ¿no?

—Sí, hoy ya pasaron dos.

Me deslumbra la capacidad de Vladimir para concentrarse en algo que desconoce y hacerlo funcionar. Primero se enoja, después piensa, retrocede, y al final avanza con tenacidad. Algo de eso me hace verlo como alguien curioso y lleno de vida. Es chico para desenvolverse así. Pero sus brazos parecen menos flacos si logra dominar algún objeto de la casa. Como cuando corrió la tapa del tanque de agua y acomodó el flotante. O ayer, que encontró la forma de levantar las lajas de la pileta con el cortafierros.

Ahora el motor se mueve y ruge sobre el césped mullido. Rostov se para detrás de mí y me abraza. Yo me corro un poco, pero él no parece percibir mi distancia. Vladi se saca la remera y la tira hacia arriba a modo de festejo. Escuchar ese motor andando es lo más parecido al último recuerdo de algo feliz. Me quedo quieta. Quiero disfrutar los pequeños momentos de calma que sobrevienen a veces, este remanso en el que los tres parecemos una familia, un trío, algo que el desastre exterior no puede desarmar.

—Por ahí toda esta locura termina siendo algo bueno para nosotros —sugiere Rostov.

—¿Quéeee?

—Nada, que acá estamos, juntos porque el destino lo quiso así —dice ahora acercándose a mi oído.

Su gesto es algo invasivo, pero desata un frío helado que me recorre la espalda, baja por mi columna hasta la base de mi coxis y termina en una especie de shock eléctrico. Un hombre en mi oído. Estoy caliente. El aliento horrible de Rostov se multiplica en el aire y espanta los insectos del jardín y las mariposas del parque. Un hombre... Pero no. Quiero separar mi cuerpo de su abrazo pero me quedo quieta, mirando a Vladimir, que ahora corre en círculos alrededor de la pileta, cual campeón del mundo dando la vuelta olímpica. Rostov quita su mano de mi hombro para aplaudir al chico. Eso me alivia.

Un rato más tarde estamos sentados a la mesa, frente a las cazuelas cargadas con la sopa de papa que cociné en el brasero y que ubicamos sobre los leños del pino que podamos hace unos días. Rostov destapa el vino siciliano que nos había prometido y balbucea otra vez su *canzonetta*.

—*Te voglio bene assai, ma tanto tanto bene sai* —entona lo que serán puros gritos después del primer vaso.

Vladimir fija los ojos en el plato y hace ruido al sorber la sopa.

—¿Por qué estamos tomando un vino tan especial en estos vasos tan comunes? —se interrumpe Rostov.

—¡Es verdad! —aprovecho para decir—. Voy a buscar las copas.

—¡Claro! ¡Eso, mi *ragazza*!

—Están en el cristalero del comedor, ¿no es cierto? —pregunto de espaldas a ellos. Sé que esas copas son el único vidrio que ha quedado en pie después de la explosión.

—Bien que lo sabés, Guineíta.

Me alejo caminando por el césped, mientras Vladimir le discute a su padre que todo lo que había en ese mueble se hizo añicos. Voy perdiendo las vibraciones de su voz a medida que me alejo. Intento no interesarme sobre lo que hablan y pienso dónde podría perder los próximos minutos. Abro el cristalero y busco en su interior. Miro un rato el contenido de los cajones y de las estanterías. Sólo hay unas tablitas de madera, las copas y servilletas de tela. No queda nada comestible o que me llame la atención. Paso por el baño y me siento en el inodoro a descontar algunos minutos del almuerzo.

22

Desde la noche posterior al examen, mi alumno pasó de su cuarto al mío varias veces. Cuando él salía, yo me juraba que ésa iba a ser la última noche juntos, que sólo necesitaba un argumento convincente para alejarlo y un esfuerzo grande para disciplinarme primero y olvidarlo después. Pero su presencia alegraba mis días y la cercanía de su cuerpo dócil mantenía mi fe en la humanidad. Sólo necesitaba poner mi cara de lleno en su pecho, sentir su piel tibia en mi nariz, en mi mentón o en mis labios. Entonces estaba completamente a salvo y podía todo. Nada era un problema cuando estaba con él. Ni su edad, ni sus padres, ni el claustro docente, ni mi futuro o el nuestro. Permanecíamos tirados en forma horizontal mirando el techo y hablando largas horas. La luna se deshacía en el cielo y, después, clareaba la aurora hasta que cantaba un pájaro o salía el sol. Entonces él se iba para su clase y yo me angustiaba. Algo oscuro, como una cortina de brocato, tapaba mi capacidad de ver el día. Los vidrios se empañaban, la lámpara se movía sola y de todas las letras del alfabeto sólo podía leer la ene y la o. «No, Guinea. No. No. No. No se puede. No se debe». «Te estás equivocando fuerte, Guinea». Sobrevenía el enorme peso de mi responsabilidad. Iba a ser un escándalo si se sabía. Iban a apartarme del cargo. Iba a arruinar mi vida y la de Nicholas. ¿Y si esperaba? ¿Si tomábamos distancia y yo aguardaba a que sus piernas crecieran y esos pantalones hermosos que usaba ahora empezaran a mostrar sus tobillos? Al cabo de un mes, el muchacho rebelde cumpliría dieciocho. De todos modos, sería un escándalo. Estábamos condenados de antemano y lo mejor era esperar. Inventar algo para desaparecer, o simplemente meterlo en el *freezer*.

23

No es que no pueda disfrutar la comida o este momento de calma en medio del desastre. De hecho, devoro con ansias mi sopa y el pan que hizo Rostov, tomo hasta la última gota de vino y me paso la lengua por los labios para sentirlo y no desperdiciar ni un tanino, nada. Pero algo me mantiene sintiendo una especie de angustia permanente. Algunas veces, hasta dejo la comida entre la lengua y el paladar más tiempo del habitual para intentar retenerla conmigo. La saboreo, la resguardo de mí, la trago con lentitud, la agradezco como si estuviera rezando. Pero nada de esto sucede sin que en alguna fracción de segundo piense en que pronto no vamos a tener qué llevarnos a la boca. Todo el humanitarismo que en los primeros días se pedía por los megáfonos en las calles y nosotros queríamos pregonar ha terminado por extinguirse como la electricidad. De a poco nos fuimos acostumbrando a la ausencia de luz y ajustamos nuestras actividades al ciclo diurno. Pasamos buena parte del tiempo al aire libre y, apenas oscurece, nos vamos a dormir. Hacemos la cena a las seis o siete de la tarde. En el fondo del parque las verduras que plantamos las primeras semanas del encierro ya están creciendo, y hasta nos dieron flores las plantas de tomates. El problema no es tanto la ausencia de luz como el resto de las cosas que nos faltan por causa del Gran Apagón: la comida, la conexión, el dinero. ¿Puede existir el ser humano sobre la faz de la tierra si no circula el dinero?

En las calles se desataron enfrentamientos sin cuartel. Nada parece lo que era antes, ni podrá volver a serlo. Los helicópteros y aviones siguen sobrevolando la zona y cada vez parecen ser más y de más colores y banderas los que llegan.

Extraño mucho algunos sabores. Me despierto soñando con una hamburguesa bien caliente, el queso derretido cayendo a los costados, el pan esponjoso y dulzón que se corta fácilmente apenas se lo muerde. Es difícil controlar el deseo físico de lo que extrañamos de modo imperioso. ¿Adónde va a parar lo que sentimos y no podemos satisfacer?

Levanto de la mesa las cazuelas vacías y me dirijo a la cocina. Vladimir se zambulle en la pileta llena de hojas y verdín. Rostov se queda sentado, terminando de comer, y celebra la sobremesa como si hubiéramos degustado un manjar desconocido. Envidio un poco su optimismo, su capacidad para ver siempre algo bueno, aun en estas circunstancias.

Sobra el tiempo en este encierro, sin embargo hace mucho que decidí dejar de medirlo, de contabilizar los días y las semanas en la pared. Venía marcando rayitas para que no nos perdiéramos, como si algo de eso tuviera sentido. También dejé de discutir quién levanta los platos o quién debería lavarlos. Esas cuestiones ya no importan. El Gran Apagón nos hizo olvidar de las luchas feministas y tantas otras cosas. Ahora parece que sólo importa comer y subsistir.

Mientras paso la esponja al fondo de la olla y pienso en cómo y dónde debería esconder algunos enlatados del alcance de estos dos, Rostov ingresa a la cocina y comienza a hablarme sin pausa. Me incomoda su tono pastoso y la falta de distancia física que maneja, que hoy me resulta menor de lo habitual. Presiento que en este estado de sobreexcitación que le trajo el haber bebido alcohol es capaz de decir o hacer cualquier cosa. Tengo que despegármelo. Pero no llego a poner la olla limpia sobre el secaplatos que ya me llega su incontinencia verbal.

—¿Hacemos una siesta juntos, Guineíta?

Sabía que esto iba a pasar. No me sorprende. Él habla arrastrando las palabras. Aprovecha el envión que le da el estar alcoholizado para apoyar su cuerpo sobre mi espalda. Yo sólo siento rechazo. Trato de pensar si podría, pero lo que me surge es más parecido a una arcada que a un impulso sexual. Creo que voy a vomitar. Muevo el brazo con fuerza para sacármelo de encima. Se pone más denso. Insiste. Me susurra al oído que se muere por «tener algo conmigo». Entonces aprieta mi cintura con sus manos y me lleva hacia atrás, contra su pelvis.

—Lo único que vas a tener conmigo son problemas —le respondo—. Sacá la mano —agrego mientras giro, y le doy un empujón con las manos todavía mojadas.

Rostov se tambalea y yo salgo de la cocina.

—Pero...

—Te ubicás.

—... Guineíta, chiquita, no te pongas así —insiste.

Camino hacia el parque y chequeo que no me siga. Rostov se deja caer en el sillón del comedor, vencido. Poco después, por fin, se queda dormido.

24

Lloro. Por primera vez desde que estoy en estas tierras del sur del mundo, me permito la flojera y lloro. Hago una lista de motivos y me entrego a la tristeza. Quizá me lo permito porque sé que ésta será la única vez que lo haga. Llorar no es algo que podamos hacer en esta situación.

Pienso en mis ilusiones de empezar una vida nueva, mejor, en la Argentina. Pienso en mis padres, en mis amigos que quedaron tan lejos, en cómo estarán pasando todo esto que trajo el Gran Apagón... Aunque siempre puedo controlar mis impulsos sentimentales, ahora los dejo fluir, permito que salga ese mar de sentimientos nebulosos. Dejo que la congoja me gane. Ya no quiero frenarme. Lloro por mi gato de Ramsdale, por la expulsión de la universidad, por mi reputación perdida e irrecuperable, por mi bicicleta amada, que no pude subir al avión y quedó en el depósito de la aduana, en el aeropuerto de los Estados Unidos. Lloro por mí. Por mis botas rojas de media caña.

Por el cuerpo blando de Nicholas. Siento pena por lo que pudo haber sido de mi vida sin aquel desvío. Dejo que mis pensamientos me devuelvan la imagen de una víctima y que el vidrio del baño refleje a una mujer demacrada, con la cara signada por las ojeras, los párpados gruesos, enrojecidos, los labios hinchados por el llanto.

Cuando la tormenta interior por fin termina, salgo del baño y voy hasta mi mochila. Busco un mapa de papel que ni siquiera me explico cómo fue que guardé entre mis pertenencias antes de salir de Ramsdale. Mapa y cantimplora. Objetos que podían hacerme sentir una viajera *vintage*. ¿O será que intuí que algo como esto podría estar sucediendo ahora?

Sin hacer ruido me alisto para salir. Paso por la despensa que está detrás del lavadero. Tomo una lata de atún y tres de arvejas, dos paquetes de harina, una leche larga vida y dos bolsas de maíz. Son cosas que yo misma traje la tarde del saqueo. De algún modo, me pertenecen. Rostov sigue dormido boca arriba en el sofá. No voy a volver a usar ese lugar para acostarme o hacer una siesta. Me encamino al parque despacio para no despertar al oso de Rostov, que ahora ronca. Un hilo de baba sale de su boca y va alimentando una mancha húmeda que se divisa cada vez más grande sobre el almohadón que tiene debajo de la cabeza. Atravesando la cocina salgo. Antes, busco con la mirada a Vladimir, que ya no está en la pileta. Por el ruido de la canilla pienso que debe de estar en el baño grande. Me dirijo al galponcito del fondo. Imagino qué rincón sería un buen escondite para mis provisiones. Afuera los perros ladran más que de costumbre. Los calmo arrojándoles un par de frutas para que no delaten mi plan. Debería envenenarlos. Me reconozco pensando algo que ya pensé varias veces. Estos perros son un peligro. Cualquier día le sacan un brazo a alguno. Miro encima de los estantes y detrás de cada caja. Ningún lugar me parece seguro para esconder mis provisiones. Encuentro un baúl con una pequeña llavecita. En su interior hay una carpa enrollada, estacas, una lona y dos palas de jardinería. Retiro todo y, para no levantar sospechas, escondo las cosas de camping en otra caja de cartón que luego ubico en una estantería metálica, bien al fondo. Una vez que el baúl está libre, guardo mis latas de conserva y las cubro con una manta. Al finalizar el traspaso, doy dos vueltas de llave y busco un lugar seguro para esconder mi pasaporte a la sobrevida. Ya veré cómo hacerle saber al chico de este escondite si logro escapar del país y consigo conexión. Por ahora me toca pensar en mí. Salvarme yo. Si las cosas salen mal y tuviera que volver a esta casa, no puedo no estar segura de que tengo algo para comer.

Una baldosa floja en el pasillo que separa el galpón de la medianera se vuelve el lugar perfecto. Meto la pequeña llave sobre el contrapiso de cemento y vuelvo a encastrar la baldosa, como si fuera la pieza de un rompecabezas. Dejar la llave ahí será mejor que llevarla encima.

De regreso en el comedor, vuelvo a abrir mi mochila y termino de guardar algunos efectos personales. Peine, una toalla, una remera, algo de pan que sobró y habíamos metido en una bolsa. Voy a llevar sólo lo imprescindible. Observo mi mapa impreso de todos los colores, con sus dobleces marcados de otros viajes. Menos mal que nunca me deshice de él a pesar de Google. La tenue luz del sol que llega al comedor no me alcanza para leer las pequeñas tipografías sobre el territorio argentino, así que salgo otra vez al parque, mientras escucho la puerta del baño, que se abre y se vuelve a cerrar. Despliego el mapa en toda su extensión. Tengo que saber muy bien hacia qué lado dirigirme si pretendo hacerlo de una sola vez y no terminar reculando luego de tres o cuatro cuadras, como los días pasados. Sé que afuera nada será sencillo y que habrá inconvenientes que aún no puedo imaginar; incluso que las cosas van a empeorar día tras día. Tengo que irme de esta casa ahora mismo.

25

Vladimir apoya un dedo en el punto exacto entre el mapa y mis ojos.

—Ése es el aeropuerto de El Palomar —dice.

Observo debajo de su índice una extensión enorme de terreno sin edificaciones, el ícono de un colegio militar, un barrio de callecitas semicirculares a la derecha que me llama mucho la atención y el nombre «Ciudad Jardín», que pretendo memorizar. Debe de ser una zona residencial, pienso. Podría ir hacia allá. De pronto, el entender que no estoy tan lejos de un aeropuerto me hace sentir una especie de cosquillas en la panza. ¡Eso es! ¡El aeropuerto! Nunca se sabe qué puede pasar. Si el desperfecto se solucionara y la luz volviera a cada punto del globo, lo mejor sería que me encontrara físicamente cerca de un avión.

Vladimir mueve el pulgar y el índice sobre el mapa de papel, como intentando ampliar la zona de la villa Parque Castell. Recién ahí registro que está hablándome.

—¿Y eso?

—¿Eso qué?

—Quisiste acercarte al mapa con los dedos, como si fuera una pantalla.

—No.

—¡Dale, nene! Ya me voy, no quieras quedar bien conmigo. —No sé por qué le digo eso. Quizá espero alguna reacción suya. O simplemente molestarlo.

—Quería mostrarte dónde estamos ahora, nada más.

—Pero abriste los dedos sobre el papel.

—Bueno, sí, ¡¿qué pasa, eh?!

—Sos lindo cuando te enojás.

—No me enojo. ¿Adónde vas?

—No sé. Por ahora, hacia esa extensión verde en el mapa.

—Voy con vos.

—De ninguna manera —respondo cortante y comienzo a meter el mapa en mi mochila, ya cargada por demás—. Tu papá se moriría al despertarse si no estás en la casa.

—Quedate acá que ya vengo. Dame sólo un minuto.

—No, Vladimir. ¡No! Vení, escuchame. Entre el sofá y la ventana dejé mi valija con algunas cosas, no creo que nada pueda servirte, pero igual es todo tuyo si ves que en unos días no regreso.

El chico no me responde y sigue su trayectoria hacia la casa.

—¡No despiertes a Rostov, por favor te lo pido!

Cuando termino de exhalar la frase Vladimir ya desapareció de mi vista. Sé que buscará algo en su dormitorio y que seguramente volverá para insistir en acompañarme, pero no puedo esperarlo, lo siento mucho; así que me apuro y voy hacia el portón para salir de una vez sin hacer ruido. Me hubiera gustado despedirme, tener una charla más adulta con él, consultarle algunas cosas más sobre esta ciudad. Es un buen chico y además es lindo, me gusta. Sin embargo, algo me dice que apure la salida, que no me queda mucho tiempo.

No tengo las llaves del portón ni puedo perder tiempo buscándolas, así que saco una serie de palos y corro las lajas para subirme a unas bolsas de cemento y ladrillos apilados que agregó Rostov cuando nos quisieron robar. Tengo que saltar la reja y correr. No llego a treparme a la pila de bolsas antes de que Vladimir regrese a insistir con su idea de que viene conmigo.

26

Un resplandor ilumina el cielo en Parque Castell. Acabo de saltar la reja cuando el desperfecto mundial culmina. Estoy tocando el piso de la vereda de césped del lado exterior de la casa cuando vuelve la luz. Nos salvamos, pienso, y el aire pasa de un tirón hasta mis pulmones por primera vez en todo este tiempo.

—¡Zafamos! —grita Vladimir, que ha quedado del lado de adentro, parado sobre la reja que intentaba saltar para seguirme.

Las luces comienzan a encenderse de forma encadenada, una detrás de otra. Es un espectáculo inimaginado. Me recuerda lejanamente a las Navidades en los Estados Unidos: todo iluminado como si la electricidad jamás fuera algo que iba a poder faltarnos.

Le sugiero al chico dónde pisar. Mi ansiedad baja. Todo está volviendo a funcionar en la casa y fuera de ella. Se escuchan motores de artefactos y máquinas. El sonido de la resurrección del mundo tal y como lo habíamos conocido. La calle brilla por primera vez desde mi llegada. Nunca la había visto así. Una lucecita roja se enciende sobre cada una de las cámaras de seguridad del barrio. Comienza a sonar una música en la cuadra siguiente. Los pájaros abandonan los postes de luz y salen volando aprisa, todos a la vez. Pienso en por qué huyen, en todo el mal que les causamos con nuestra forma de sobrevida.

A lo lejos creo poder escuchar el motor de un *freezer* que carraspea hasta arrancar, las paletas de un lavarropas, o quizá sea una moto, una heladera.

¡Qué felicidad! ¡Somos libres de nuevo!

Cuando por fin todo reaparece bajo los efectos de la luz, el espectáculo vuelve a ser desolador: miles de casas vacías, saqueadas, rotas. Postes caídos. Garitas de seguridad incendiadas.

Las luminarias de la calle hasta el bulevar dan entidad al desastre.

¡Qué hicimos!

Algunos autos eléctricos comienzan a moverse... El viento nos trae los festejos de los seres humanos vivos que parece haber al otro lado de la avenida.

Vladimir por fin salta la reja y cae de mi lado, sobre el césped de la vereda, como acuclillándose.

—¡Listo! —me dice—. Ya podemos volver a casa.

Lo aprieto en un abrazo repentino, casi sin pensarlo. Siento su cuerpo contra el mío y no puedo más que entregarme a disfrutar de su calor tibio, apenas húmedo. Muevo el mentón contra sus cabellos. Huele a jabón blanco para la ropa. Me relajo como nunca pude hacerlo desde mi llegada a este país. Apoyo mi cara en su pelo cuando él me dice:

—Volvamos a la casa, deberíamos hacer tiempo hasta que la policía saque a los parias y esto se calme.

El chico piensa bien las cosas, es mucho más razonable que su padre.

—Es verdad, vamos —le respondo—, entremos.

—Todavía es arriesgado salir —agrega.

Pienso que ya habrá tiempo para llegar al aeropuerto de El Palomar sin el peligro que habría que atravesar de hacerlo ahora mismo. Quizá también pienso que no puedo separarme tan fácilmente de él.

Vladimir entrelaza los dedos con las palmas de sus manos hacia arriba y apoya esa especie de estribo sobre su muslo derecho para ayudarme a trepar. Luego me dice que suba. Yo me agarro de los barrotes y pongo un pie en el hueco que él me ofrece. Tomo envión para elevarme por encima de la reja y quedar unos segundos colgada arriba, hasta hacer el cálculo veloz y dejarme caer al otro lado. Otra vez adentro. ¡Qué adrenalina!

Los perros comienzan a ladrar desesperados. Detrás de mí cae enseguida Vladimir, que ahora empieza a parecerme un hombre. El terranova, desquiciado, se nos viene encima. Saliva todo lo que toca y nos ladra más intensamente que de costumbre. Creo que nos desconoce. Vladimir y yo nos sacudimos la ropa y tratamos de alejarnos del animal.

—¡Tranquilos, que ya volvió la luz! ¡Volvió la luz! —les digo, y agarro una rama de pino que hay en el suelo y la acerco a la boca del perro para que la muerda. El labrador se agrega al escándalo y ahora las dos bestias hambrientas nos acorralan contra la reja. Grito, aunque no quiero hacerlo. Estiro el brazo con el que sostengo el pedazo de rama de pino. La boca abierta del labrador se traba con la rama y Vladimir comienza a agitarla de derecha a izquierda para ayudarme a zamarrearlo. En ese momento, el terranova me clava los colmillos en la pierna sin piedad. El dolor sobreviene atroz. Como un ardor y miles de agujas que me pinchan. Vladimir abre mi mochila con una mano mientras, con la otra, sigue entreteniendo al perro.

—Tirale el pan —le digo.

El chico saca los restos de pan casero que amasó su padre en la mañana y le hace oler al perro un mendrugo que luego arroja a la distancia. El terranova corre tras su cada vez más mínima cuota de alimento diario. Lo mismo hace su compañero, para terminar peleándose con él.

Rostov viene desde el interior de la casa hacia nosotros, semitambaleándose, todavía preso de los efectos del vino siciliano que descorchó al mediodía.

Su presencia me molesta de sólo verlo acercarse.

—¡Pero ¿qué mierda pasa?! ¡Hay luz! —grita excitado.

Mi pierna sangra. Un chorro espeso cae por mi pantorrilla hasta el piso.

Odio a Rostov.

—Encerrá a los perros, papá. ¿No ves? Nos atacaron.

—¿Qué, qué?

Odio a esos perros. No entiendo por qué no fui capaz de envenenarlos cuando pensé que debía hacerlo, antes de que se convirtieran en un problema.

—Dejá de perder tiempo y movete, papá. ¿No estás viendo?

—Claro que veo. Veo luz. ¡Se hizo la luz!

—Pero papá...

—¡Por fin termina este desastre! ¡Se terminó! ¡Se terminó! —Rostov celebra ausente, pareciera ignorar todo lo que está pasando—. ¡Borges! ¡Falucho! ¡Vengan acá ustedes dos!

Yo siento las manos de Vladimir sobre mi pierna y un latido caliente sobre la herida. Quiero que me toque, que no saque los dedos de mi cuerpo. Su cercanía es lo único que calma el dolor de la herida abierta.

Los perros siguen al amo, que ahora los llama con una ramita de laurel en la mano y se los lleva hacia el fondo.

—¡Al fin! —dice Vladimir y se saca la remera que tiene puesta para abrirla al medio y fabricar veloz un torniquete que ata sobre mi pierna.

La remera se tiñe enseguida de mi sangre, más bordó que rojiza. La herida se cierra apenas. La siento contenida. Hace frío y la piel de Vladimir se llena de pequeñas montañitas cuando los pelos de sus brazos y su torso se erizan. A la altura del vientre, entre el ombligo y el comienzo del pantalón de jean tiene una vellosidad naciente, imperceptible, casi rubia. Siento su cuerpo como si lo estuviera tocando. Acariciaría esas vellosidades suaves. Sé que él será capaz de mirarme. No sé cuándo, pero hoy lo sé. Su existencia es lo único que me da placer en este momento horrible. Soy el dolor, y la pierna me late como si fuera un corazón bombeando. Estoy esperanzada con que haya vuelto la luz y que por fin todo este desastre termine. ¿Volveremos a la normalidad ahora? Pensar en el chico es lo único que me da calma. Vamos a irnos igual, juntos, pienso. Voy a inventar algo para acercarme más a él. Voy a llevármelo de acá conmigo.

Rostov encierra a los dos perros en el galponcito del fondo y los escuchamos arremeter con furia contra la puerta de chapa, como insistiendo en querer salir. Los ladridos parecen enlatados ahora, más lejanos todavía.

—Voy a llevarles algo para comer. ¡Yo les dije en el almuerzo que hoy iba a ser un gran día! —grita Rostov, y deja caer por la ventana del galponcito las frutas ya pasadas de maduras que acarreó en una fuente. También tira algo de atún y otros comestibles que no llego a divisar.

Por algún motivo me da miedo que se deshaga de las pocas provisiones que nos quedan de esa forma tan liviana, tan suelta.

—Listo. Bestias calmadas y luz en toda la casa y afuera, en toda la Argentina, en todo el mundo. ¿Qué más quieren? ¿Rolling Stones? Voy a poner los Rolling Stones. ¿Estás mejor, Guineíta? ¿Pasó el dolor?

En ese ingrato instante en que Rostov termina de dar su discurso triunfalista, la luz chisporrotea encima de nuestras cabezas, en los cables de alta tensión de la calle, y comienza a retirarse de cada artefacto, de cada lámpara, de cada motor, de cada heladera, de cada radio, de cada pantalla, de cada celular, cajero automático, terminal aérea, monitor de hospital, respirador. Tan mágicamente como había venido, ahora vuelve a irse. Como la pasión, como el deseo, como el amor que se termina.

La luz se va de nuevo.

¿Estará pasando lo mismo en Ramsdale, en el piso de mis padres, en la universidad?

Un destello incandescente queda emitiendo chispas en un cable que atraviesa todo el parque, desde la calle hasta la antena que está en lo más alto del techo de la casa. Los destellos de luz caen como estrellitas navideñas que se apagan después de las doce. Las veo tocar el césped y morir. La Navidad terminó. La oscuridad nos anticipa lo que pasará con nosotros tal vez antes de lo que esperamos.

27

¿Y si éste fue nuestro último contacto con la luz eléctrica? ¿Si nunca más vuelve a haber luz? ¿Si ya no puedo regresar a los Estados Unidos para ver a mis padres o despedirme de mis amigos? ¿Sobreviviré más tiempo en esta casa con esos dos perros desesperados de hambre? Me duele la pierna. Me duele todo el cuerpo. Pasaron cinco días desde el ataque del terranova y la herida en mi pantorrilla sigue sin cerrarse. Tal vez sólo está así para recordarme que lo que viene será peor.

Volvemos a poner cosas en la entrada de la casa para reforzar la especie de trinchera con la que intentamos evitar los ataques desde afuera. Sacamos los muebles que menos usamos y los amontonamos ahí.

Los perros merodean ansiosos atados a las largas cuerdas que improvisamos con alguna cadena, trapos y pedazos de sogas sueltas. Además de jadear fuerte dejan chorrear babas desde sus hocicos hasta el piso. Vladi parece leer mis pensamientos e interpela a su padre en voz alta.

—Hay que sacar a Falucho y a Borges a la calle, papá. Están raros, no pueden seguir acá.

—¡Los perros no! —contesta Rostov exaltado.

—¿No te das cuenta que tenerlos es peligroso?

—Estoy de acuerdo —intervengo—. Son adorables y los queremos mucho, pero están empezando a ser un peligro para nosotros y debemos preservarnos.

—Ni lo piensen.

—¡¿Por qué sos tan terco, papá?! ¿No podés entender?

—Votemos —digo segura de que seremos dos contra uno.

—Son ellos contra nosotros, papá —agrega Vladi tratando de convencerlo.

—Además, no hay comida para siempre. Por más que hayamos solucionado lo del fuego, las provisiones se acaban —insisto.

—Vos no te metás —me dice, ahora, encrespado.

—¡Le pido que no me hable así! —respondo molesta.

—¡Basta, papá! ¿No entendés? El próximo podés ser vos, o yo. Mirá cómo tiene la pierna.

—¡Callate! No seas impertinente. Acá el que manda tiene canas y es el capitán de este barco.

—Dejá de tratarme así, porque te voy a romper la cara.

—Paren un poco, hablemos tranquilos.

—Paren, nada. ¿Qué pasa acá? ¿Se ponen de acuerdo para decir estupideces, ustedes? ¡Ésta es mi casa y ésos son mis perros! No se hable más.

—¡Falucho, dirás! Porque Borges es mío.

—Calmémonos todos un poco —digo—. En serio. ¿Qué importa de quién es cada perro ahora?

—No voy a dejar que ellos se coman la comida que puede salvarnos de la hambruna a nosotros, papá.

—Rostov, míreme a los ojos y escúcheme tranquilo. —Lo vuelvo a tratar de usted para hacerlo sentir importante e imposto la voz más suave que puedo—. Los perros no van a saber medir a la hora de elegir entre sobrevivir o morirse de hambre. Es un peligro tenerlos acá.

—Arreglaron todo esto por detrás, ¿es así?

—Qué decís, papá... —Vladimir comienza a desarmar un ropero para volcar su ira en algo material. Desprende una puerta de la estructura del mueble y la revolea por el aire. La puerta cae sobre la pila de cosas que forman nuestra trinchera. Me alivia pensar que poner el enojo en esa actividad será disuasivo, evitará que se agarre a piñas con su padre.

—Mejor me voy adentro —se escapa Rostov.

—Vos te quedás acá. Esto vamos a decidirlo ahora. Y si alguien tuviera que entrar sería ella, que tiene la pierna lastimada.

—Estoy bien —digo, y levanto un cajón del piso para llevarlo hasta la montaña de cosas que nos separa de la calle. Mientras avanzo, pienso si realmente será posible hacer que esas bestias hambrientas se alejen del fondo y caminen por todo el parque hasta salir a la calle. Tampoco parece una tarea fácil librarlas a su suerte si Rostov por fin cede a nuestro plan. Quizá estamos haciendo todo al revés.

—Déjenme pensar. Hoy no puedo decidir nada. Mañana lo vemos.

—Yo voy a sentarme un ratito con la pierna estirada, tienen razón —agrego para mostrar mi descontento y quitarme de en medio.

—Pará, Guinea, ya que estamos, antes quiero darte esto —dice Rostov extendiéndome la mano con un objeto brillante.

—¿Qué es?

—Un picaporte de bronce. Era de mi abuelo Guido. Guardalo bien, que tiene valor sentimental y a esta altura también monetario.

—No, no; está bien, es tuyo. No hace falta.

—¿Para qué quiere esa mierda, papá?

—Guardalo con tus cosas, nunca se sabe, Guinea. Quizá terminemos intercambiando cosas, como en el pasado. Cuando sea el momento y lo tengas encima, te vas a acordar de mí.

Sin decir nada, agarro el objeto y me interno en la casa. Antes de llegar a la puerta de la cocina tiro el picaporte debajo de una planta arbustiva. Intentaré dormir una siesta en el sofá del comedor que me había prometido nunca más usar. Ya es mi lugar, aunque lo deteste.

Pasan unos minutos. Tengo hambre, estoy cansada y no quiero salir al parque si esos perros siguen estrellándose contra la puerta de chapa y haciendo ese ruido insoportable que parece como salido de un tanque de metal. Quiero dormir muchas horas y que el tiempo pase, soñar algo lindo, cualquier cosa. Quiero olvidarme de todo.

Cierro los ojos y me pongo a pensar en el vello rubio sobre la pelvis de Vladimir.

28

Estaba de pie frente al pizarrón, en el aula magna de Ramsdale, cuando entró una mujer llena de ínfulas y haciendo ruido con sus tacones. Caminó por el pasillo central hasta la tarima donde se apoyaba mi escritorio y se detuvo unos metros antes de los escalones de madera. Tenía una mirada desafiante, por momentos perdida. Hizo un paneo horizontal entre el alumnado presente y volvió la mirada al pizarrón. Ante el bache del relato de mi clase y su escena ruidosa, todos giraron la cabeza hacia ella. El desconcierto fue total, salvo para mí, que pude anticiparlo. ¿Quién era esa mujer? ¿La madre de Nicholas?

La olí a la distancia y sin tener ningún dato sobre ella. Antes de sentarse en la primera fila de butacas hizo el máximo disturbio que pudo. Ruido, codazos, movimientos brutos... Su vestido calado negro era largo y le llegaba hasta los pies, contrastaba con el anaranjado artificial de su pelo; un naranja que jamás pasaría desapercibido en un ámbito académico.

Busqué a Nicholas con los ojos. Estaba quieto, petrificado. Entonces supe con seguridad que se trataba de su progenitora. Que algo de lo nuestro, de algún modo incierto, se había filtrado más allá de lo que podía imaginar.

—Sigamos —dije, dirigiéndome a la clase para retomar el hilo de lo que venía explicando. Puse todo mi empeño en concentrarme en ello.

Los alumnos volvieron a hacer silencio y redirigieron las cabezas a sus apuntes. Sin embargo, a cada rato alguien miraba a la mujer de negro cuyos pechos sobresalían del enorme escote y que ahora se había cruzado de brazos y me hostigaba con su mirada intensa o se movía en el banco como buscando la posición para sentarse, primero de un lado y después del otro, cruzando una pierna sobre la otra o rascándose la cabeza de la ansiedad que parecía carcomerla.

Nicholas salió del salón hacia el baño sin que nadie lo notara y volvió un rato más tarde. La mujer permaneció ahí.

Yo continué explicando la métrica de los sonetos. Hice mucho esfuerzo por no desconcentrarme, me enfoqué en el tono mecánico de mi voz. Pude hacerlo porque no me adelanté a los hechos. Nada de lo que fuera a pasar después debía preocuparme demasiado. En verdad, no habría después de esa clase, ni día siguiente, ni nunca. Sabía que ésa iba a ser mi última jornada en Ramsdale. La escena anunciaba el escándalo que sobrevendría. Traté de extender mi clase en el tiempo y de disfrutar la que sería mi última conversación con los alumnos. Me perdí en el presente eterno de contar sílabas y ordenar versos para ellos. Hablé de nuevo de Lorca y recité sonetos en voz alta. Respondí algunas preguntas y no volví a mirar al alumnado. Sólo puse mis ojos entre el pizarrón y mis libros, que estaban abiertos sobre el escritorio. Aunque de vez en cuando sí busqué a Nicholas, que ahora estaba tieso en su lugar, impávido y hermoso, como una columna de Ramsdale.

Antes de que pudiera dar por concluida la clase entraron el decano, el jefe de departamento y algunas secretarias que los acompañaban. Una de ellas labró un acta. El decano me dijo que me esperaban en la rectoría, que había varias cuestiones de las que teníamos que hablar.

29

Por qué no habré corrido a ese aeropuerto cuando pude hacerlo. Todavía me lo reprocho. La vuelta de la luz nos había ilusionado. Confié demasiado en la humanidad y en mí. Me anticipé. No aprendí nada de todo lo que viví en el pasado.

El retorno de la luz sólo fue un amague. Debí haberlo imaginado. Debí pensar en que podría sobrevenir una nueva falla. Me odio por no haber sacado a los perros a la calle cuando pude, o por no haber intentado envenenarlos poniéndoles hortal en el agua aquella mañana que vi el botellón en el fondo y tuve toda la intención de hacerlo. Me odio por dejar que la electricidad imaginaria entre de nuevo a mi cuerpo y lo recorra cada vez que miro a Vladimir.

Ahora observo a Rostov luchar contra los dos perros, que por fin vencieron a golpes la puerta de chapa y tironean de sus cuerdas como bestias salvajes. No sé qué hacer. Nos amenazan con sus ladridos bañados en babas que caen al pasto y se sacuden contra las paredes. Sus pasos de lobos sueltos anuncian que no van a dudar en atacarnos cuando estén lo suficientemente cerca.

Asomo la cabeza por la puerta de la cocina.

—No salgas —me dice Vladimir, y tironea de mi saco hacia adentro.

Inmersa en una especie de morbo por mirar y algo de la responsabilidad que me implica el prever lo que puede pasar, no quito los ojos de la escena. Sin embargo, obedezco al chico y vuelvo a la casa. Una vez allí, me acerco a su cuerpo tibio. Afuera, los ladridos aumentan hasta llegar a un punto insoportable.

Vladi me mira inquieto, trata de ocultar su temor.

En el parque, Rostov retrocede hacia el sector de la pileta. En su caminata hacia atrás, pisa las hortalizas en plena etapa de crecimiento. Las sábanas que el pobre había lavado y ahora carga en una palangana hacia la soga caen al piso. Observo el bollo sucio sobre la tierra. Los perros lo siguen a un lado y al otro, arrinconándolo. La disposición de sus cuerpos impide que haya algún lado por el que Rostov pueda salir corriendo.

—¡Cuidado atrás, la pileta! —le grito intentando ayudarlo a orientarse—. ¡Salgamos, Vladimir! Hay que distraer a los perros con algo. ¡Tu papá!

Cuando termino de gritar esa idea incoherente descubro que el chico ya tiene el fusil de su abuelo entre manos y está apuntando a las bestias hambrientas por la ventana. Sin hacer ruido y pidiéndome silencio con un dedo sobre sus labios, sale a la galería y avanza unos pasos hacia la pileta.

Aterrada, lo sigo.

No va a disparar.

No sabe manipular un fusil.

Camino unos pasos detrás de él.

Estoy agitada y respiro mal.

—Esto se arregla de una sola forma, señora —me dice el chico.

—Bajá eso. ¿¡Estás loco!?

—¿Querés hacerlo vos?

—Por favor, no vas a matar a esos perros con tu papá ahí en el medio. Dejá eso, no empeores las cosas.

—Tirales algo para que corran hacia el tocón del pino y se alejen —me pide.

—Bajá eso, Vladimir, por favor. Te lo digo en serio.

—Disparo hacia allá —me indica muy seguro de lo que está haciendo—. Vos metete en la casa si no.

—¡Vladimir, es una locura! Nunca en tu vida usaste un arma, dejá eso.

—Si no vas a ayudarme, al menos callate.

El chico está decidido y no voy a poder convencerlo. Así que colaboro. Emito un chiflido con los dedos adentro de la boca para llamar a los perros hacia donde estamos. Borges, el terranova, gira la cabeza hacia nosotros. Todavía se mantiene algo más gordito que Falucho, que a esta altura ya se ha vuelto piel y hueso.

Pero en ese mismo instante en que la cabeza de Borges se distrae con mis ruidos, el otro animal salta sobre su dueño y lo tira al piso. Ya no lo reconoce del hambre que tiene. Seguramente lo confundió con un paria o, simplemente, no discierne.

Rostov grita desesperado. Los dientes blancos del animal se ven a la distancia, la boca es una cueva oscura y sin final.

Vladimir mueve el caño del fusil reiteradas veces.

Izquierda y derecha.

Izquierda y derecha.

Va hacia un perro y hacia el otro.

No encuentra el punto justo.

El terranova avanza en nuestra dirección. También lo hace babeando y con la boca abierta.

—¡Viene para acá! —grito, y me acuclillo debajo de la ventana. Siento que el corazón se me sale por la boca. Es taquicardia, pienso en el mismo segundo en que Vladimir dispara.

Silencio.

Oigo el sonido helado del gatillo cuando va hacia atrás. Me abrazo la cabeza con los dos brazos. Soy un feto redondo y anudado. Me he encogido hasta volver a ser un feto en la panza de mi madre. El disparo me deja afuera del mundo sonoro por un instante. El olor a pólvora inunda el aire. Siento calor en la cara y el corazón a punto de estallar. Luego escucho un zumbido, como si estuviera adentro de un tubo. Unos segundos después, desde lejos, me llegan unas voces poco nítidas que van convirtiéndose en gritos. Son los alaridos de dolor de Rostov, amalgamados con los ladridos de los dos perros que corren y aúllan en círculos, enloquecidos.

Asustado al ver a su padre en el piso, Vladimir se acerca a la escena sin dejar de apuntar a los perros, que ahora gruñen en dirección a él. ¿Tengo que ir a encerrarlos?, me pregunto. Estoy aterrada. Sería una locura meterme en eso. No sé qué debería hacer. Tendría que moverme, pero no puedo. Mi cuerpo está paralizado. No quiero ver lo que estoy viendo.

Sangre.

Rostov.

Sangre de nuevo.

El hombre retorciéndose en el piso con las manos en el abdomen.

El chico, que ahora gatilla en dirección a Falucho y después grita, lanza insultos y llora mientras la bala hace su recorrido veloz e intercepta al animal.

El caño del fusil que va y viene. Va y viene buscando el nuevo blanco. Otra vez el chico gatilla. Ahora en dirección al otro perro. Uno a la vez, los animales han caído al piso detrás de su dueño. Cuando el peligro inminente cede, Vladimir tira el fusil al suelo y corre hacia su padre, que ya ni siquiera puede hablar. La bala entró directo en su abdomen y la sangre se derrama a su lado como el magma de un volcán que vuelve a la tierra.

Me acerco por fin y empujo a Borges, que está casi al borde de la pileta, intentando reponerse. Todavía respira. Le tengo miedo a esta altura de las cosas. Imagino que el animal revive, se pone de pie, crece, abre la boca y se tira encima de mí. No hay tiempo para dudar. Me desmembraría una bestia así de sólo intentarlo. Pero el animal agoniza, así que silencio mi delirio y lo empujo despacio, desde el lomo y con todas mis fuerzas. El perro cae al agua y a su alrededor comienza a formarse una mancha de sangre oscura. Un halo rojo bordó se extiende y crece a medida que los segundos pasan. Borges se ahoga en su propio ladrido desesperado, traga su propia sangre.

—¡Tranquilo! —le grito a Rostov mientras corro a la casa a buscar algo para curarlo.

—No. No puedo ser tan estúpido. ¡Papá! ¡Nooo! —llora el chico, agarrándose la cabeza. Rostov parece querer decir algo, pero las palabras le salen deformadas, no se le entiende nada.

Voy de un lado al otro sin saber qué hacer. La mirada se me nubla, quiero pensar algo, programar una serie de pasos a seguir, tener algo apenas definido para actuar... Pero me doy cuenta de que ya no hay tiempo, no hay gasa ni toalla que pueda tapar ese derrame de sangre. Acompaño al chico, que está destruido. Me doy esa orden secreta: «Acompañalo y no digas nada». Me acerco a Vladimir, pero no lo toco. El hombre que parecía hace un rato con el arma entre las manos se ha vuelto de nuevo un niño indefenso que pide ayuda. Traga sus lágrimas, vuelve a llorar desconsolado, zamarrea al padre por los hombros queriendo despabilarlo, lo deja caer al piso y se tira encima, como anidándose en él. Entonces, sólo me queda dejarlos, tomar distancia, dar unos pasos hacia atrás y ejecutar el trabajo sucio de empujar también al labrador al agua. Nunca terminé de encariñarme con él, así que no será tan difícil la tarea. Aunque pesa, es demasiado grande. Me despido de Falucho tirando del trapo de piso en el que ha caído tras el disparo, y donde ahora agoniza. Su cuerpo hambriento gira encima de la tela y se desploma pesado sobre el agua ya íntegramente bordó de la pileta.

En un último hálito de vida, el perro intenta sacar la cabeza a la superficie y abre el hocico como pidiendo oxígeno, pero ya casi no puede mover las patas y el agua entra a su boca asfixiada.

En su agonía, traga de a poco agua y sangre en la pileta. Vuelve a querer ladrar pero no puede, se desangra y traga otra vez de esa agua mezclada con su líquido vital.

Agua y sangre.

Agua y sangre.

Cuando no puede seguir intentando, por fin se entrega.

Tercera parte

30

Me miro al espejo que quedó sano en la pared del baño. Mejor dicho: me miro al pedacito de espejo que pende de un hilo en el lugar desde el que empecé a mirar a Vladimir. El chico no durmió en toda la noche ni me escucha. Pasó de la euforia de querer hacer un pozo para enterrar a Rostov a dejar de moverse, de comer o de intentar decir una palabra. Deambula cabizbajo por el desorden de la casa. Tengo ojeras y estoy demacrada. Siempre quise adelgazar un poco más, unos kilos, unos gramos al menos. Pensaba que toda prenda de vestir quedaba mejor con un peso delgado. Me excedí siempre en los cuidados de mi cuerpo. Pero nunca había reparado en las dificultades que acarrea el habitar un cuerpo que merma, que retrocede. Hay un color violáceo debajo de mis ojos y tengo los pómulos como sobresaliendo del marco de mi cara. No lo había notado antes. Con la delgadez de mis mejillas se profundizan las arrugas, o asoman nuevas. Tengo la piel seca y resquebrajada. Los años que antes podía disimular bastante bien ahora quedan del todo expuestos. Casi cuarenta y cinco que también podrían parecer más de cincuenta. Mi columna vertebral se ha vuelto más huesuda y encorvada. No sé cuánto tiempo podremos soportar vivir en esta guerra con apariencia de «desperfecto eléctrico». Es demasiado lo que ignoramos para tejer hipótesis. Cada tanto tengo impulsos vitales y busco comer alguna verdura de la huerta, tomar agua, recitar mentalmente un poema para no olvidarlo.

Pese al desastre creciente, hemos avanzado en la siembra de semillas o gajos que se quiebran. La naturaleza es lo único en lo que podemos creer. Cuando no logro soportar más la existencia, busco el cuerpo de Vladimir. Necesito sentirlo cerca.

¿Cómo se accede a un cuerpo que sufre? ¿Es honesto hacerlo? Recuerdo *El dolor*, de Marguerite Duras. Mis años de juventud analizándolo y escribiendo en sus márgenes para preparar mis clases. Hay que vivir en paz y tener el estómago lleno para poder ensayar pensamientos y ponerlos en un papel. Sin embargo, no escribir y pensar es entregarnos a la muerte. ¿Voy a dejar que desaparezcamos así sin más? ¿Voy a dejar, sencillamente, que mi carne envejezca y mi estómago se cierre poco a poco?

31

Vladimir me pide que le hable bajito. Yo levanto su cabeza y la apoyo en mis piernas. Me da mucha ternura el chico. Comienzo a susurrarle canciones a media voz mientras sigo acariciándole el cabello. Por momentos parece dormido. Quisiera besarlo, pero me contengo. La panza me hace ruidos. Tengo hambre, no puedo evitarlo. Cuando dejo de peinar con mis manos a Vladimir, él abre los ojos.

—Dormite.

—No quiero, estoy despierto.

—Dale, dormite.

—Por favor, seguí.

Lo consiento y avanzo con los dedos hasta su cuello, le acaricio la nuca y los hombros, como si intentara hacerle un masaje, pero sin ejercer alguna fuerza.

Después de pensarlo un rato largo y de dejar pasar una serie de retortijones, me acerco al oído de Vladimir y le digo sin rodeos que deberíamos comer la carne de los perros.

De un salto se levanta. Por fin lo hace. Se sienta en el sofá y me mira con desprecio.

Al menos logré interesarlo en algo, pienso.

El enojo es un impulso fiel. No falla.

—Ayudame a sacarlos de la pileta —le digo—. Estamos a tiempo. No pasaron tantas horas. Sólo tenemos que hacer juntos un poco de fuerza.

—Prefiero morirme de hambre.

—No lo pensamos y ya está.

—Estás loca.

—En serio, Vladi, necesitamos comer. Pensá que son vacas, un pedazo de cordero en la carnicería colgando del gancho sobre el mostrador.

—No podés decir esas cosas, ¡callate! ¡Basta!

—No mires, no hagas nada, sólo ayudame a sacarlos del agua. ¡Por favor!

Me pongo de pie, tomo a Vladimir de las dos manos y hago fuerza para obligarlo a pararse. Una vez que lo logro, apoyo las dos palmas de mis manos sobre su espalda y hago un poco de fuerza para que entienda que tiene que moverse. Lo llevo caminando hasta el borde de la pileta. Él se deja, entregado. Refunfuña y se deja. Tiene la ropa sucia, húmeda, y las zapatillas todas embarradas. Hace días que no nos bañamos. A orillas de la pileta siento arcadas, pero las reprimo. El olor del agua es nauseabundo. Me arrodillo y le vuelvo a pedir que me ayude. Él se queda de pie y me observa. Está abatido. Con el palo largo del sacahojas intento llegar al cuerpo de Borges, que todavía flota. Va a ser imposible que alcance a Falucho, ni siquiera puedo ver en qué parte se ha hundido.

Cuando logro acercar a Borges hasta el borde de la pileta, ese lugar hermoso donde alguna vez la gente se bañaba y disfrutaba, lo agarro del pelaje del lomo y tiro hacia nosotros.

—Ya lo tengo, Vladi. ¡Vamos! ¡Ayudame!

Él no se acerca. No se mueve.

—¡Dale, amor! Porfas, querido.

Me reincorporo apenas y, como no puedo subirlo, lo arrastro sobre el agua por el borde de la pileta hasta las escalerillas. Su cuerpo está entero porque el otoño es frío y el agua helada hizo su aporte a nuestra causa.

—¡Sos un asco! —me dice Vladimir mientras se va del parque—. ¡Salí de acá, hija de puta, me das asco!

32

Con el sol templado del otoño el perro se entibia un poco sobre el césped. Lo he puesto boca arriba a unos metros de la pileta y lo sequé con un toallón que ya no usamos. Intento acelerar el proceso del corte antes de que se inicie la etapa de descomposición del cuerpo. Por temor a vomitar, evito acercarme a la zona abdominal, que está lastimada y me da náuseas. Cortar a la altura de las tripas complicaría todo aún más. Busco una cuchilla adentro y me arrodillo adelante del animal. Pienso en la ridiculez de que se llame Borges y sea yo la que tenga que abrirlo al medio. Aíslo su pelaje en la parte alta del muslo. Trato de no mirar mientras ejerzo presión sobre el cuerpo intentando hacer un tajo grande. Tengo que usar mucha fuerza porque está duro, su carne sigue bastante fría. Involucro mis dos manos en la operación. Pienso en una vaca. En el cuarto trasero de los pollos que me vendían en la granja cuando era chica. En los relatos de mi madre y mi tía sobre cómo degollaban gallinas con sus propias manos en los campos de Nueve de Julio. No puede ser tan difícil. Es lo que me toca. Meto la punta de la cuchilla en la carne gris y hago presión hacia abajo. Parece un pan, un queso duro. La boca se me pone caliente y los ojos húmedos. De nuevo siento cómo segrego saliva a montones. Escupo varias veces hacia el otro lado para no tragar mis propios líquidos. El olor del perro se mezcla con los demás olores que conviven entre nosotros ahora. Vuelvo a escupir en el pasto. Sigo escarbando para sacar carne magra de lo más hondo del muslo y no tener que llevar pelos de Borges a la cocina. Otra vez largo la saliva que se me acumuló en la boca. Saco un buen pedazo de muslo y corro. El animal queda en la carnicería improvisada en medio del parque. Me siento una especie de caníbal, una amazona salvaje. Me queda encender el fuego y poner la carne en una olla ante la mirada atónita de Vladimir. Comparado con todo lo que ya nos ha pasado, nada de lo que sigue será tan difícil. Me toca convencerlo para después alimentarlo. No puede seguir así. Está triste y por momentos parece estar a punto de enloquecer. A esta altura no sé si lo amo o lo deseo. Deseo carnal. Deseo de sobrevida.

33

Cuando empieza a salir olor a carne cocida de la cacerola, Vladimir se me acerca arrastrando los pies y sin emitir sonido alguno. Está huraño, silencioso. Me siento a la mesa con un plato y escondo la carne de Borges entre dos panes para no verla. Alguien tiene que estar bien en esta casa para que podamos seguir adelante.

El pan está duro, pero no me importa. Sé que él no va a querer comer. La angustia no lo deja. Yo nunca había tenido tanta hambre. Vladimir se aleja, va hasta la ventana y mira hacia la pileta. No puedo seguir su mirada o decirle algo en este momento. Necesito concentrarme en lo que estoy haciendo. Trago. Mastico y vuelvo a tragar. Trato de pensar en una hamburguesa o en el sabor del pavo en Navidad. Busco agua y me limpio la garganta arrastrando con el líquido de la botella todo lo de Borges que queda en mi paladar y mi boca. Después veo que Vladimir sale hacia el parque como insomne, lleva la cuchilla en una mano. No voy a tener relaciones con él, pienso. No voy a hacerlo. Con él no. Está solo ahora. Vine a este país a empezar de nuevo. No puedo ser tan hija de puta. No ahora, no.

Vladi camina cabizbajo hasta su perro muerto y acerca la cara a la zona del muslo donde yo hice el tajo hace unos minutos. Antes, clava la cuchilla con odio. El filo atraviesa la carne hasta la tierra, entra en el pasto que ha crecido y que hace tiempo a nadie le importa mantener a ras del piso. Desclava el facón y lo revolea a la pileta. Como no entiendo muy bien qué hace, salgo de la cocina y me acerco a él. Estoy enojada, desencajada. El mango de la cuchilla pesa y se hunde primero. El filo de acero desaparece detrás. Vladimir mueve la cara sobre la herida del animal y grita desesperado. Entonces muerde la carne fría y la arranca con los dientes. Comienzo a preocuparme por el chico. Está peor de lo que pensaba. Con los puños apretados, Vladimir le pega al perro y al piso. Llora y grita como un niño enfermo. Después vuelve a meter la cabeza en la herida y arranca otro pedazo de carne que escupe hacia donde estoy yo.

—Salí de acá, bestia. No te me acerques —me dice.

No me muevo. Sólo lo observo y pienso qué hacer con todo ese dolor suyo. En si podré ayudarlo alguna vez. En si saldremos de este trance. En si no sería mejor morir. Después, cuando el chico se calma un poco, me acerco a él y apoyo mis manos sobre sus hombros.

Está temblando.

—Somos peores que los animales —me dice sin esperanza.

—Somos animales. Sólo tratamos de sobrevivir.

—¡No puede ser! ¡Quiero estar muerto! ¡Quiero enterrar a mi papá!

No sé con qué fuerzas, pero lo ayudo a excavar un pozo en la tierra.

Tardamos dos días en terminarlo. Cavamos de día y hasta que oscurece. No hablamos, no hacemos más que comer carne y cavar. Todo es horrible y por momentos hasta no me doy cuenta de lo que estamos haciendo. Estamos sucios y cansados. Nuestros cuerpos están débiles y nuestra mente rota. Sólo sobrevivo pensando en que todo esto del pozo podría ayudar a Vladimir a estar mejor, a entender ese final y olvidar la culpa que ahora siente.

34

«Quiero estar muerto», dijo. Pienso en eso a cada segundo. Todas las palabras pierden su sentido cuando alguien pronuncia «quiero estar muerto». No queda nada por hacer en ese instante. Todo lo que supe desaparece. Ninguna imagen acústica se corresponde con algún significado. No hay concepto, no hay referente, no hay lenguaje. Así como al principio únicamente existía la palabra, al final no queda ninguna de ellas. El lenguaje se desvanece, se seca, cae. No tengo qué decir. No puedo armar una frase ahora. No sé hablar, no recuerdo el sonido de ninguna letra. Yo sólo quería venir a la Argentina a empezar de nuevo. ¿De qué sirve decir algo si no se puede llegar al otro? En silencio, espero al lado de Vladimir.

Rezo, vuelvo a rezar como cuando era una niña.

Quisiera decirle alguna cosa que lo calme, pero no más puedo esperar a su lado.

Las horas pasan.

Los días pasan.

Acaricio su pelo húmedo con cuidado. Está tan sucio como el mío. Lo acaricio y lo beso hasta que algo en él se mueve apenas, reacciona. Como un paramédico abro mi boca sobre la suya, él cae hacia atrás y se deja rescatar. Lo beso como trayéndolo de nuevo para este lado. Con mis manos tomo su mentón y su frente. En medio está su boca abierta, manchada. Meto mi lengua y busco la suya. Lamo sus labios, soplo hacia su interior con suavidad. Como si el aire volviera a sus pulmones, Vladi deja salir un grito ahogado y me mira. Por fin me mira a los ojos. Ya no está perdido. Ya no le quedan lágrimas.

Sabe, él también lo sabe.

No nos vamos a morir acá.

35

Tirados en el piso sobre el césped miramos el cielo rosado del atardecer. Vladimir tiene otro semblante y eso me da una alegría que a esta altura extrañaba. Con esa pequeña energía que nos dio el haber enterrado a Rostov, logramos hacernos de una cantidad de pedazos de carne para almacenar. Vamos a estar provistos por unos días, al menos. Ya no siento retortijones ni dolor abdominal. Eso también es bueno. Recubrimos de sal cada feta de carne para extender su duración. La guardamos en el lugar más fresco de la casa, donde nunca da el sol, y después salimos al parque. Hace poco éramos cinco seres vivos en este espacio y ahora sólo quedamos dos. No quiero pensar en eso, pero lo hago.

Afuera hay más griterío y estruendos que de costumbre. Tengo la sensación extraña de que las cosas empeoran allá cuando algo mejora adentro. *Hiroshima mon amour*, pienso. Cuanto peor, mejor.

Decidimos vaciar la pileta para que la próxima lluvia vuelva a cargarla. No será posible que se llene, pero al menos no estaremos viendo ese color indeseable.

Mientras llueva y haya agua, vamos a sobrevivir.

¿Cuánto tiempo de encierro nos quedará por delante?

Vladi se mete en la pileta y va hasta el chapón que hay en el fondo, logra desatornillar la tapa del filtro que, sin electricidad, nunca he visto funcionar. El agua y la sangre que se habían acumulado debajo terminan de salir lentamente por la pequeña rejilla.

El agua y la sangre son una sola cosa ahora, pienso.

Desde la superficie, yo ayudo al desagote usando unos recipientes vacíos que encuentro en el galpón. Pese al espectáculo horrible de esa sangre derramada y los cuerpos enterrados, estamos bien. Tener algo que hacer ayuda. Habernos puesto a hacerlo fue una buena señal.

La tarde cae apacible. Cuando sucede algo grave, cuando por fin termina de suceder ese evento desafortunado, uno recupera cierta calma que le permite moverse y respirar sin poner en acto el pensamiento. Éste es un momento así. La escena es terrible, pero estamos a salvo y tenemos un nuevo objetivo: seguir vivos y cuidarnos entre nosotros.

Un rato más tarde, cuando está por terminar el día, me acuesto en el parque mirando el cielo y le pido a Vladi que se acerque.

—Vení, quedate acá, por favor.

Él se recuesta a mi lado y volvemos a estar un rato en silencio.

Mirar el cielo es lo que más nos gusta hacer.

Ya casi oscurece y se escuchan los grillos, que van despertándose para musicalizar la noche entre estruendos lejanos y sirenas que ya no nos sobresaltan.

—Abrazame —le pido.

Vladimir estira su mano sobre mi espalda hasta hacerme sentir que es el momento. Entonces giro la cabeza y lo busco. No puedo esperar más. Su boca también busca la mía, como antes, pero ya sin desesperación. Usa su lengua con suavidad. Lo dejo explorarme. Cuando siento que su cuerpo está reaccionando, me incorporo un poco por encima de él, me saco la remera y después el corpiño. Él me mira desde el piso. Está serio. No parece dudar. Lo ayudo a acariciarme. Tomo su mano y la llevo a mi pecho. Sabe cómo seguir. Lo sabe perfectamente bien. Las sirenas del lado de afuera parecen anticipar que voy a caer otra vez. Que voy a arrastrar a Vladimir en mi caída.

L | **Premio Lumen de novela**

El 1 de junio de 2023, en Madrid, un jurado compuesto por las escritoras Ángeles González-Sinde, Luna Miguel y Clara Obligado, la directora de la librería Rafael Alberti (Madrid), Lola Larumbe, y la directora literaria de Lumen, María Fasce, otorgó el **I Premio Lumen de novela** a *Vladimir*.

Acta del Jurado

Después de una deliberación en la que tuvo que pronunciarse sobre cuatro novelas seleccionadas entre las cuatrocientas siete presentadas, el Jurado decidió otorgar por mayoría el **I Premio Lumen de novela**, dotado con 30.000 euros y la publicación en todo el territorio de habla hispana, a la obra cuyo título y autora, una vez abierta la plica, resultaron ser *Vladimir* de la escritora argentina Leticia Martin.

El Jurado quiere destacar en primera instancia la gran cantidad de manuscritos recibidos y la calidad de las novelas finalistas.

La atracción y seducción de un hombre maduro hacia una mujer joven ha sido representada muchas veces en la literatura, pero el deseo de una mujer madura hacia un joven, no. *Vladimir* apuesta por una lectura de *Lolita* en clave femenina en el contexto de un mundo que se apaga. Con gran tensión narrativa y un estilo acerado, Leticia Martin ha escrito una novela polémica sobre los límites del deseo y las relaciones de poder.

El Jurado ha dicho:

«Es un libro que tiene muchísimos temas interesantes que nos preocupan a todos hoy. Hay un momento en la novela en que Guinea reflexiona sobre la sobrevida, sobre el exceso: todo ese mal que causamos a los pájaros con nuestra sobrevida. Creo que *Vladimir* también nos hace pensar en ese desgaste que tuvimos (fue tan evidente durante los meses del confinamiento, después de la pandemia) y en cómo esta mujer, una mujer joven aunque nos hemos empeñado en llamarla madura, huye y se encuentra con un mundo en el que todas sus claves, las claves con las que vivimos ahora mismo, desaparecen y nos quedamos solamente con las relaciones directas entre las personas. En ese momento son las obsesiones puras y duras, los deseos reprimidos los que salen a flote, incluso en las situaciones más catastróficas. Creo que es una novela muy valiente, porque nos habla de algo que tiene que ver con el aprovechamiento del otro, con las relaciones de poder y, en este caso, con lo que sucede cuando es una mujer quien las ejerce».

Lola Larumbe

«*Vladimir* es una novela que me ha parecido provocadora, que toca asuntos que nos preocupan, que nos angustian, que vivimos en el día a día, pero llevados a un escenario hipotético, que creo que va a generar mucho debate. Habla de ese agotamiento de los recursos, de un agotamiento físico y también moral. A mí me interesa especialmente esa inversión de roles, me parece un ejercicio en el que siempre es muy atractivo indagar, y que además nos deja con muchas preguntas. Hablamos mucho del lenguaje, ese lenguaje que ha elegido Leticia Martin, preciso y contenido. Y, sobre todo, algo que he apreciado, porque a veces es difícil cuando uno tiene un manuscrito que no ha sido revisado por un editor, es ese ejercicio de no caer en la autocomplacencia, de saber cuándo detenerse y cuándo dejar de escribir. Me da la sensación de que es un manuscrito que está muy trabajado, que la autora ha pensado mucho en él y que en ningún momento cae en esa autoindulgencia».

Ángeles González-Sinde

«Me comí el libro cuando lo recibí, me lo leí del tirón y lo releí un par de veces. Y me emocionó especialmente porque demuestra varias cosas: que hablar de sexo y de deseo no es hablar de amor necesariamente; que hablar del fin del mundo y del apagón del mundo no es hablar de heroicidad necesariamente; y, por último, que se puede escribir una novela dura y peligrosa pero también llena de ternura. Creo que la novela de Leticia Martin demuestra que los instintos básicos no son sólo una cuestión de la última supervivencia, sino que nos golpean las entrañas en cada momento de nuestra vida, sea el fin del mundo o no. Ese retrato de los instintos básicos peligrosos, dolorosos, me parece fascinante».

Luna Miguel

«En un mundo que podría ser el nuestro, un corte de luz generalizado provoca el caos y distorsiona tanto lo privado como lo público. Es en este espacio que se enciende la luz del deseo. Pero se trata de un deseo que también subvierte las costumbres, donde no es un hombre maduro el que se enamora de una joven —como se representa tantas veces—, sino una mujer madura la que se enamora de un chiquillo. Tensa, simbólica por momentos, cuestionadora y ágil, *Vladimir* es, entre muchas otras cosas, una relectura de *Lolita* al revés».

Clara Obligado

«*Vladimir* me ha impactado por la tensión —es una historia de supervivencia—, el manejo de los tiempos alternados y el erotismo. Es muy difícil narrar el deseo y el sexo, y Leticia lo ha hecho de un modo increíblemente eficaz. Siendo profundamente original, la precisión del estilo y el impacto emocional me han recordado algunas de las grandes novelas breves que se han escrito en español en el último tiempo: *Cometierra* y *Miseria* de Dolores Reyes, *Limpia* de Alia Trabucco Zerán, *Un amor* de Sara Mesa o *Carcoma* de Layla Martínez. También es imposible no pensar en *La autopista del sur* de Cortázar, en las novelas de Silvina Ocampo o en las películas de Lucrecia Martel. Es una novela especialmente perturbadora y desasosegante —son las que más me gustan— que se me ha quedado grabada en la mente y el cuerpo. [...] Me enorgullece publicarla en Lumen».

María Fasce

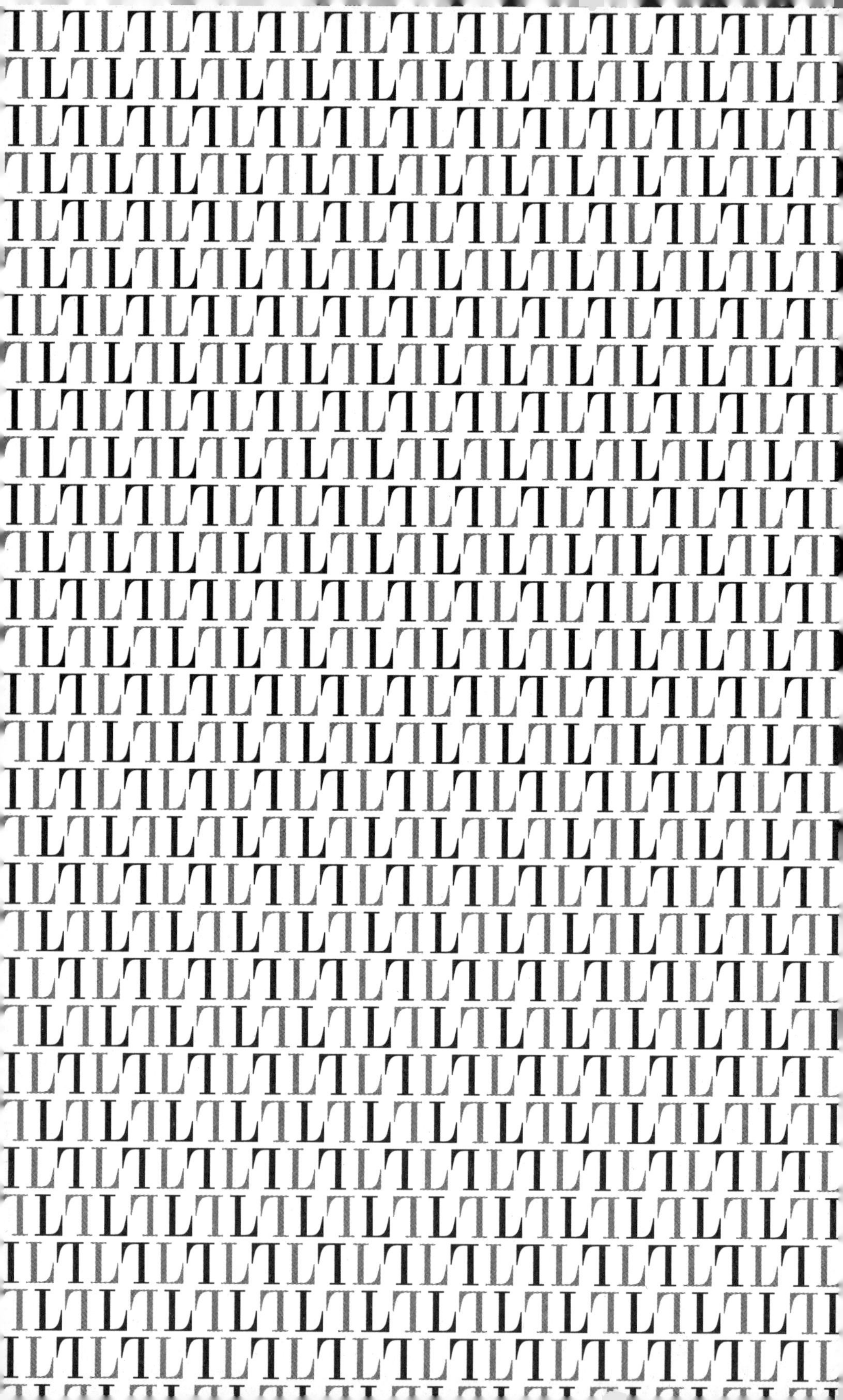